Wie ich zum Kameruner wurde
Das Leben mit Kamerunschafen

AF140560

Beate Bode-Buchner

Wie ich zum Kameruner wurde

Das Leben mit Kamerunschafen

*Bibliografische Information der Deutschen National-
bibliothek:*
*Die Deutsche Nationalbibliothek verzeichnet diese
Publikation in der Deutschen Nationalbibliografie;
detaillierte bibliografische Daten sind im Internet
über http://dnb.dnb.de abrufbar.*

© 2013 Name des Autors/Rechteinhabers **Beate Bode-
Buchner**

Illustration: **Beate Bode-Buchner**

*Herstellung und Verlag: BoD – Books on Demand,
Norderstedt*

ISBN: 978-3-7347-3378-9

Schlaf, Kindlein, schlaf,
am Himmel steht ein Schaf;
das Schaf, das ist aus Wasserdampf
und kämpft wie du den Lebenskampf.
Schlaf, Kindlein, schlaf.
Schlaf, Kindlein, schlaf,
Die Sonne frißt das Schaf,
sie leckt es weg vom blauen Grund
mit langer Zunge wie ein Hund.
Schlaf, Kindlein, schlaf.

Schlaf, Kindlein, schlaf,
Nun ist es fort, das Schaf.
Es kommt der Mond und schilt sein Weib;
die läuft ihm weg, das Schaf im Leib.
Schlaf, Kindlein, schlaf.

Christian Morgenstern

Kleine Kamerun Lehre

Dieses Büchlein dient weniger als fundierter Ratgeber mit Quellennachweisen und wissenschaftlichem Pipapo, als vielmehr dem Schildern vom Zusammenleben mit Kamerunschafen. Dies vor allem vor dem Hintergrund, wenn Frau/Mann keine Ahnung von Kamerunschafen hat, es kaum oder gar keine Literatur zu diesen Schafen gibt und man den romantischen Traum von vierhufigen Rasenmähern hat.

Es gibt natürlich im Worldwideweb einige Schafforen, aber die Kommentare dort sind stellenweise so widersprüchlich, dass einem nichts anderes bleibt, als selbst Erfahrungen zu sammeln.

Ich berichte von meinen Erfahrungen mit Kamerun Schafen ohne wissenschaftlichen Hintergrund. Auf die Idee, dieses Büchlein zu schreiben, hat mich unser Tierarzt gebracht, weil er mich zum einen immer für die optimalen Haltungsbedingungen meiner Schafe gelobt hat. Und zum anderen hat er mir viel beigebracht, mich vieles selbst machen lassen und immer mal gesagt, "Schreib doch mal über Kamerun Schafe, es gibt eh so wenig Literatur und du weißt viel über die Schafe!"

So, ist dieses Büchlein entstanden; es mag sein, dass andere Kamerun Halter andere Erfahrungen machen oder gemacht haben. Ich kenne auch Halter von Kamerun Schafen, welche meinen, ich würde viel zu viel Geschiss um meine Schafe machen☺

Nun, das bleibt jedem selbst überlassen, ich allerdings meine, wenn man sich Tiere hält, sollte man den nötigen Respekt vor der Kreatur haben!

Ich habe Kamerunschafe gesehen, welche knietief im Schmödker standen, nur einen Holzverschlag zum Unterstellen hatten und regelmäßig zweimal im Jahr ablammen und wo kein Tierarzt geholt wurde.

Ich habe den Anspruch für meine Tiere das Beste zu machen und zu wollen, egal ob Hund, Schaf oder Enten. Zeigt eines meiner Tiere Krankheitsanzeichen, welche ich nicht selbst beheben kann, hole ich den Tierarzt!

Diese Buch dient nicht dazu mit erhobenen Zeigefinger Weisheiten zum Besten zu geben, mir selbst sind einige Fehler unterlaufen, aber es hilft vielleicht anderen, manche Fehler nicht zu machen oder gar Abstand von der Anschaffung zu nehmen, denn Kamerun Schafe machen Arbeit, wenn man ihnen und ihrer Natur gerecht werden will!

Dennoch möchte ich kurz die Herkunft des Kamerunschafes erläutern:

Herkunft

Das Kamerunschaf ist eine aus Westafrika (Kamerun, Elfenbeinküste) stammende Haarschafrasse. Haarschafe tragen keine Wolle, sondern ein Haarkleid. Sie müssen also nicht geschoren werden. Das Haarkleid ist dicht und eng anliegend.

Im Herbst und Winter bildet sich zusätzlich ein dichtes wollähnliches Unterhaar, das nach der Kälteperiode bis ca. April/Mai wieder abgestoßen ist; ich habe allerdings schon mehrfach erlebt, dass meine Schafe schon im Februar ihren Wintermantel ablegen, was sich meistens auch mit dem Wetter deckte.

Kamerunschafe gehören zu den Landschafrassen.

Über die Abstammung unserer Schafrassen hat man in den letzten Jahren verschiedene genetische Untersuchungen durchgeführt. Als Ergebnis kann festgestellt werden, dass alle unsere heutigen bekannten Schafrassen (Wollschafe und Haarschafe) ihren Ursprung in dem asiatischen Raum haben.

Es werden unter den Stammformen verschiedene Wildschafgruppen unterschieden. Das Kamerunschaf gehört zu der Mufflongruppe, die ihren Ursprung in Westasien, Korsika und Sardinien hat.

Rassebeschreibung

Das Kamerunschaf ist ein kleinrahmiges, anspruchsloses, widerstandsfähiges Landschaf.

Der Rumpf ist tief und geschlossen, die Rippen gut gewölbt, das Fundament fein und trocken. Die Muttertiere sind hornlos, allerdings gibt es manchmal auch gehörnte Auen.

Das Geschlechtsmerkmal der Böcke sind sichelförmige Hörner und eine Mähne an Hals, Nacken und   Brust.
Kamerunschafe haben von Natur aus kurze Schwänze, die nicht kupiert werden.

Die Hufe sind klein und hart. Das Haarkleid ist dicht und eng anliegend und wird im Winter durch eine dichte Unterwolle, welche im Frühjahr wieder abgestoßen   wird,   ergänzt.
In der Herdbuchzucht ist die häufigste Fellfarbe braunmarkenfarbig (brmf: Grundfarbe braun,; Bauch, Kopf und Beine mit schwarzer Zeichnung). Es gibt aber auch schwarzmarkenfarbige Tiere (schwmf: Grundfarbe schwarz; Bauch, Kopf und Beine mit brauner Zeichnung) und reinschwarze (schw: einfarbig schwarz) Tiere. Es gibt jedoch auch Schecken.

Kamerunschafe sind bereits im Alter von etwa 5 Monaten geschlechtsreif! Die Brunst ist asaisonal, zwei Lammungen in einem Jahr sind möglich. Ablammergebnis 150 %, d.h. 2-3 Lämmer pro Jahr. Die Geburt vollzieht sich fast (die Betonung liegt auf fast!) ausnahmslos ohne fremde Hilfe recht problemlos. Die Tragzeit liegt bei 5 Monaten.

Das Körpergewicht von Altböcken (ab 2 Jahren) liegt bei 45-60 kg. Mutterschafe haben ein Gewicht von 35-50 kg. Jährlingsböcke (1-2 Jahre) wiegen etwa 35-40 kg. Böcke haben eine Widerristhöhe von 60-70 cm, Muttertiere etwa von 58-65 cm. Kamerunschafe haben eine Lebenserwartung von 10-12 Jahren.

Die meisten Kamerunschafhalter halten ihre Schafe als Fleischlieferanten. Das Ziel ist die gute Ausbildung wertvoller Fleischpartien an Rücken und Keule.

Schlachtlämmer zwischen 5 und 8 Monaten bringen ausgeschlachtet etwa 10-16 kg auf die Waage. Das Fleisch ähnelt sowohl im Geschmack als auch im Aussehen eher dem Wildbret als dem gewohnten Lammfleisch. Der vorzügliche Geschmack geht selbst beim Schlachten von Alttieren nicht verloren.

(Quelle: www.kamerun-schafe.de)

Das ist es im Wesentlichen und überall in Foren, bei Wikipedia oder in dem Büchlein von Dirk Süllentrop „ Kamerunschafe" in ähnlicher Weise nachzulesen.

Der Schafunerfahrene Zweibeiner meint jetzt, „Super, ein Schaf, welches nicht geschoren werden muss, erträgt auch kalte Winter draußen, braucht nur Heu und Wasser und pflegt mir auch noch meinen Rasen! So eins will ich haben!" Mitnichten ist das so…………..

Aller Anfang ist schwer

Im Jahr 2009 wurde unser Traum wahr, wir kauften einen großen Hof aus dem Jahr 1890, voll saniert mit einigen Nebengebäuden und ca. 6000qm Grund und Streuobstwiese. Nach Renovierung, Einzug und Einleben war klar, bei so viel grüner Fläche müssen Viecher her. Gut, wir hatten zu dieser Zeit einen kleinen Münsterländer Namens Spooky, er fand unseren Grund auch ganz toll und rannte den ganzen Tag das Gelände ab, nicht zuletzt um möglichen Mäusen den Garaus zu machen, aber als Rasenmäher diente er so gar nicht.

Schnell war klar, wir besorgen uns Schafe, der erste Gedanke war, dass wir uns Schafe beim hiesigen Schäfer leasen, so über die Sommermonate hinweg, damit wir im Winter keine Arbeit damit haben.

Im April 2010 trieb dieser Schäfer seine Wollmilchschafe über die angrenzenden Wiesen, mein mir angetrauter Gatte und ich nix wie hin und stellten unsere Leasingfrage dem Schäfer. Ein ausgesprochen wortkarger Mensch, „ Naa, i verleih mei Schafe nicht!" und hüllte sich in Schweigen.

„ Würden Sie uns denn zwei Schafe verkaufen"? traute ich mich zu fragen. „Naa, i verkauf euch keine Schafe, ihr habt einen Hund!" und ging einfach weiter. Damit schien das Projekt Schafe erst einmal gescheitert, bis meinem Gatten einfiel, dass ein Jagdkollege und im weitesten Sinne Anverwandter Kamerunschafe hat und uns sicherlich welche verkaufen würde. Da mir dieser Jagdkollege als Bauer vom alten Schlag bekannt war, welcher schnell die Dollarzeichen in den Augen hatte, habe ich mich erstmal im Internet erkundigt, was denn solch ein Schaf kosten darf, nicht das wir da ein Vermögen hinlegen müssen. Zumal wir vorhatten, die Schafe nur über die Sommermonate zu halten und im Herbst dann schlachten zu lassen.

Mit diesem Wissen machten wir einen Besichtigungstermin aus, im Frühjahr ganz fatal, weil es dann so viele Lämmer gibt und man vor lauter „süßen Empfinden" ganz wirr im Kopf wird und am liebsten alle kaufen würde. Wir entschieden uns für eine Aue mit Lamm sowie einer weiteren Aue, zwei Wochen später würden wir sie abholen.

In der Zwischenzeit richteten wir den Stall im Stall her. Für drei Schafe wurde ein Bereich abgetrennt mit Holzzaun und Tor. Alles wurde gut mit Stroh und Sägemehl eingestreut. Im Vorfeld hatten wir auch einen mobilen Weidezaun gekauft, so dass wir den Tieren ihren Weidebereich immer neu abstecken konnten.

14

Es war so weit, unsere Schafe wurden vom Jagd-kollegen gebracht und ohne große Probleme in den Stall einquartiert. Ich hatte auch schon Namen für die Damen Ma, Shauna und Daisy. Den halben Tag habe ich meine Schafe nur aus der Ferne beobachtet, dachte mir aber, es wäre bei dem tollen Wetter doch schön, wenn sie schon ein wenig auf die Wiese könnten.

Ich habe nicht lange mit mir gehadert und den mobilen Weidezaun raus geholt. Diesen steckte ich vom Stall Tor zur Wiese hinaus. Es dauert auch nicht lange, und meine Schafe kamen raus und ließen sich das saftige Gras schmecken. Ich saß den ganzen Nachmittag und frühen Abend drau-ßen, um meine Schafe beobachten zu können – es war eine wahre Freude☺

Gegen 19.00h dachte ich, jetzt sei es eine gute Zeit, um sie wieder in den Stall zu treiben. Ich begab mich innerhalb des Weide Zaunes und wollte die Drei in den Stall treiben. Tja, wenn man keine Ah-nung von Kamerunschafen hat, kann das nur zum Chaos führen!

Anfänglich sind die Drei tatsächlich Richtung Stall gelaufen, nur um sich dann umzudrehen und mit Vollgas auf mich zu zulaufen und über den mobilen Weidezaun zu springen. Das war es dann mit dem Gedanken, dass meine Schafe die Nacht im Stall verbringen sollten. Zum Glück war unser Hof komplett eingezäunt, so dass den Tieren nichts passieren konnte, sie liefen halt frei auf unserem Gelände rum.

Dennoch mobilisierten wir die Verwandtschaft, weil wir in dem Glauben lebten, wir könnten unsere Schafe wieder einfangen, mitnichten ist das so – die Viecher ließen sich nicht fangen!

Nach langen Versuchen, konnten wir Daisy fangen, brachten sie zurück in den Stall und ließen die Türe offen, in der Hoffnung, dass die Aue mit ihrem Lamm freiwillig in den Stall gehen würde. Das Gegenteil war der Fall; am nächsten Morgen standen alle Schafe vor unserem Küchenfenster und weideten fröhlich vor sich hin☺

Später haben wir festgestellt, dass Daisy nicht gerade ein beliebtes Schaf war. Sie wurde schon von Ma und Shauna gemobbt, auch als weitere Auen hinzu kamen (welche nur gekauft wurden, weil wir gemerkt hatten, dass Ma und Shauna mobben) blieb Daisy ein Außenseiter!

Nun gut, die Drei fanden ihre Freiheit richtig gut und haben sich ihren Platz für einen Stall selbst ausgesucht. Sie verbrachten die meiste Zeit unter einem großen Nussbaum. Dort legten sie sich hin, käuten wieder und ließen es sich gut gehen☺

Also haben wir eine große Weide abgesteckt und eingezäunt, somit rannten sie nicht mehr über den gesamten Hof. Hieran haben wir in Windeseile unter einem Frühjahrssturm ratzfatz einen Stall direkt unter dem Nussbaum gebaut. Wieder gut mit Sägemehl und Stroh eingestreut, Wasserbottich und Futterschalen samt Leckstein hingestellt und der Dinge geharrt welche da kommen mögen.

Es war alles gut, kaum waren wir weg, begaben sich die drei Damen in den Stall, beschnupperten alles neugierig, scharten sich Kuhlen und legten

sich hin.

Mobbing

In den nächsten Tagen/Wochen konnten wir beobachten, dass Daisy von Ma immer weg gestoßen
wurde, geboxt wurde oder es zu richtigen Kämpfen
kam. Daisy war vom Haarkleid her ein fast schwar-
zes Schaf und leider auch in der kleinen Gruppe.
Von daher entschlossen wir uns, weitere Schafe
dazu zu kaufen, um somit ggf. eine homogene
Gruppe hinzu bekommen.

Mittlerweile hatten wir uns auch von dem Gedanken verabschiedet, die Schafe nur über den Sommer zu halten. Sie sollten für immer bei uns bleiben, sollten Lämmer kommen, würden diese zur
Selbstversorgung zum Schlachter gebracht. Im
Frühsommer kamen Dolly und Paula zu den drei
Damen. Im Spätsommer kam Fritzi, ein ganz schöner Bock, gescheckt mit prächtigem Haarkleid,
dazu.

Dolly war goldbraun, eine elegante Erscheinung
und direkt auch zutraulich. Sie kam zu mir be-
schnupperte mich und ließ sich den Kopf streicheln, aber auch sie mochte Daisy nicht, dennoch

trat Ruhe in die kleine Herde ein! Daisy wurde nicht ständig drangsaliert und in den Ruhephasen legte sie sich zu Fritzi.

Fritzi freute sich über die Damenwelt und besprang, was ihm vor die Flinte kam, somit konnten wir davon ausgehen, dass wir im Winter Lämmer bekommen würden.

So lebte unsere kleine Herde friedlich vor sich hin, es schien zu stimmen, dass diese Schafrasse unkompliziert und anspruchslos war; besonders zutraulich waren sie aber nicht☺

Völlig unerwartet bekamen wir im August unser erstes Lamm. Ohne es zu ahnen, hatten wir Paula trächtig gekauft. Ich würde noch heute darauf schwören, dass man es Paula nicht ansehen konnte. Morgens um kurz nach sechs ist Frieda geboren, alles unproblematisch, Paula hat alles alleine gemacht. Frieda sah witzig aus, sie hatte richtige Antennenöhrchen☺

Tja, so viel ist in der ersten Zeit nicht passiert. Wir stellten fest, dass unsere Schafe nicht alles abgrasten, es schmeckte ihnen nicht alles. Wurde das Gras zu hoch, blieben sie eher an ihrem Stall. Wir mussten also regelmäßig abmähen. Erst dann sind sie wieder los gezockelt und haben den Schnitt sowie vertrocknete Brenneseln gefressen. Am frühen Abend fütterte ich immer kleine Möhren,

Hafer, Mais und Wildfutter zu sowie Heu. An sich habe ich immer zur gleichen Uhrzeit gefüttert, kam ich mal später, weil ich es nicht früher geschafft habe, war das Geschrei groß! Auch wenn man den Fehler machte und früher als sonst fütterte, haben sie sich das gemerkt und am nächsten Tag schon früher gemeckert☺

Es entstand er Eindruck, als würden unsere Schafe die Uhr kennen☺ Mittlerweile glaube ich, dass sie sich am Läuten der Kirche orientieren, möglichweise ist das aber auch Einbildung meinerseits.

So ging der Herbst dahin, meine Viecher waren immer noch nicht zutraulich, außer Dolly, aber auch hier reichte es nicht, um sie streicheln zu

können.

Wasserkatastrophe

Im November 2010 kam der erste Schnee, den Schafen machte das nichts aus. Sie liefen ihren Runden und ließen es sich gut gehen. Auch im

Dezember fiel Schnee, ich besuchte meine Kameruner häufiger, weil ich persönlich, es als saukalt empfand – es war alles in Ordnung!

Vielleicht war es auch die Ruhe vor dem Sturm, im weitesten Sinne zumindest. Im Januar 2011 fand eine drastische Wetteränderung statt. Während bei uns noch Schnee lag, hatte es sich in anderen Gegenden massiv erwärmt und geregnet ohne Ende. Dies führte bei uns zur Schneeschmelze.

Der anhaltende Regen und die Schneeschmelze ließen die Pegel innerhalb kurzer Zeit in die Höhe schnellen. Binnen eines Tages stieg die Donau um mehr als drei Meter, der Sprung von 6,50 auf 7,50 Meter erfolgte gar innerhalb von 60 Minuten. Am 13. Januar um 22.30 Uhr hatte die Donau einen Pegel von 8,12 Meter erreicht, doch die Prognosen für den Morgen des folgenden Tages lagen zwischen 8,55 und 9,05 Meter. Diese ungewöhnlich große Spanne der Vorhersagen lag vor allem daran, dass Schmelzwasser-Hochwässer besonders schwierig einzuschätzen sind.

Wir hatten also ein Problem, nicht nur das wir Haus und Hof vor dem steigenden Wasser schützen mussten, wir mussten unsere Schafe evakuieren, bevor das Wasser kam.

In Windeseile haben wir im großen Stadl einen Winterstall hergerichtet. Da der Stadl höher lag, als der bisherige Sommerstall, dieser zudem von uns gerade saniert worden war, sollten die Schafe da sicher sein. Es gab nur ein Problem, wie bekamen wir die Kameruner in den Winterstall?

Sobald wir uns den Schafen näherten, liefen sie weg! Wir hatten noch nicht mal die Möglichkeit, den Sommerstall zu schließen oder zu versperren, weil immer alle Schafe davon galoppierten. Auch der Versuch mit dem Futtereimer scheiterte, meine Kameruner blieben misstrauisch.

Begründet in den Prognosen, dass das Wasser schnell kommt und es sich hier nicht um 2 cm handelt, mussten wir etwas unternehmen. Bis zur Dämmerung haben wir alles versucht, die Viecher bleiben ihrem Fluchtinstinkt treu! Also bauten wir einen Korridor mit Weidenzaun, welcher in den zukünftigen Winterstall führte, auch das Licht haben wir angelassen. Wir lebten in der Hoffnung, wenn das Wasser tatsächlich so hoch steigen sollte und die Schafe nasse Hufe bekommen, sie sich freiwillig in den Winterstall begeben werden – wer steht schon gerne bis zum Bauch im kalten Wasser!?

Nun, Kameruner tun das – unglaublich, sie sind schlimmer als traditionelle Niederbayern, welche die Grenzen Bayerns nicht überschreiten!

Mit dem ersten Tageslicht haben wir nach den Schafen geschaut, sie standen tatsächlich in ihrem Stall bis zum Bauch im Wasser! Es liegt der Verdacht nahe, dass sie gedacht haben, das hier ist unsere Bude und hier bleiben wir, komme was mag!

Der einzige Vorteil in dieser Katastrophe bestand darin, dass die Schafe jetzt nicht mehr weg liefen aufgrund des Hochwassers.

Zusammen mit meinem Schwager haben wir jedes Schaf einzeln in den Winterstall getragen, sie trocken gerubbelt, Futter und Wasser bereitgestellt. Unser Fritzi konnte sich kaum auf seinen kalten Beinen halten. Nachdem alle Schafe im Stall waren, legten sie sich ins Stroh und haben tatsächlich stundenlang geschlafen.

Noch heute bin ich verwundert, dass sich keines der Schafe erkältet hatte oder sonst einen gesundheitlichen Schaden davon getragen hat. Nach zwei Tagen im Winterstall waren alle putzmunter und ich war mehr als froh, dass wir unseren Stall sanieren und überhaupt die Möglichkeit eines Winterstalles

hatten!

Lämmer

Nun hatte ich mehr Kontakt zu meinen Schafen, da unsere Autos im vorderen Teil des Stadls standen. Ich musste immer an meinen Schafen vorbei, wenn ich zu meinem Auto wollte. Sobald ich den Schafsstall betrat, hatte ich mir angewöhnt ein fröhliches „ Guten Morgen" in die Runde zu schmettern. Zu Beginn schauten mich meine Kameruner nur an und dachten wahrscheinlich, dass ich irgendwie nicht richtig ticke☺ Ich blieb am Gehege Zaun stehen, sprach jedes Schaf mit Namen an und ließ meine Hand über den Zaun hängen – sie schauten nur!

So ging das eine ganze Zeit lang, auch wenn ich ihnen am Abend ihr Futter und Wasser brachte, ich redete mit ihnen – meine Kameruner blieben immer in respektvollem Abstand.

Zwischendurch habe ich mich mit etwas Mais zu den Schafen gesetzt, Dolly und Paula trauten sich nach einer Weile und fraßen mir aus der Hand; sobald ich allerdings eine unbedachte Bewegung machte, rannten sie in den hinteren Teil des Stalles.

Ende Februar kam mein Mann früh morgens, 06.00h war es, ins Schlafzimmer und sagte; „ Du bist Oma geworden, Ma hat abgelammt!"

Ratzfatz bin ich aus dem Bett raus und noch im Schlafanzug in den Stall gelaufen.

Da stand Ma mit ihrem gescheckten Lamm und ließ es gerade trinken – Luise war geboren☺ Eine Weile habe ich zugeschaut und bin dann in den Stall, um nach der Nachgeburt zu suchen. Diese war schnell gefunden und wurde entsorgt. Die kleine Luise blieb eng bei ihrer Mutter, krähte zwischendurch, um sich dann wieder den Zitzen zu nähern. Mit der Geburt von Luise ging es jetzt Schlag auf Schlag. Im frühen Nachmittag hatte Daisy abgelammt, Lisbeth war geboren. Am frühen Abend hatte Paula abgelammt, Zwillinge, Lina und Lotte – alle Ablammungen geschahen ohne uns, da wir arbeiten waren.

Aus der heutigen Erfahrung weiß ich, dass ich zu dieser Zeit nullkommanull Ahnung von meinen Kamerunern hatte. Hätte ich zu dieser Zeit schon über genügend Wissen verfügt, hätte ich an den Aufeutern der Auen erkennen können, dass die Ablammungen nicht mehr lange auf sich warten lassen. Ein paar Tage, manchmal auch eine Woche vorher, schwellen die Euter der Damen an und die Zitzen stehen sichtlich ab. Manche Aue hat sehr große Euter, andere wirken eher klein, aber das Aufeutern erkennt man immer. Ein weiteres Indiz für eine bevorstehende Ablammung ist das Anschwellen der Scham. Hierzu muss ich allerdings erwähnen, da braucht es einen geübten Blick, ich hab das nicht immer erkennen können! In einigen Foren habe ich gelesen, dass die Auen kurz vor der Ablammung nicht mehr fressen, das kann ich so nicht bestätigen. Ich hatte Auen, welche sichtbar Standwehen hatten und mit der Ablammung zu rechnen war, kaum komme ich mit dem Futter, ist alles vergessen und sie fressen☺

Bei den Zwillingen von Paula gab es Probleme, eins der Lämmer hat ständig geschrien, es erinnerte wahrlich an Babygeschrei. Ich habe öfters nachgeschaut, warum das Kleine so schreit, aber immer wenn ich im Stall war, war das Kleine auch bei seiner Mutter, Paula leckte ihrem Lamm immer über das kleine Köpfchen. Als ich am frühen Abend Futter brachte, lag es im Stroh und schlief neben ihrem Zwilling. An diesem Abend hörte ich es noch öfters schreien, dachte mir aber nichts dabei. Am nächsten Morgen hat mein Mann das kleine Lamm tot vorgefunden, es war einfach gestorben.

Aus der heutigen Erfahrung heraus, war es möglicher Weise mein Fehler, dass ich nicht adäquat auf das Schreien reagiert habe. In den Folgejahren ist es immer wieder vorgekommen, dass Lämmer, gerade bei Zwillingsgeburten, es nicht schaffen Biestmilch zu bekommen und sie schreien ohne Ende. Hinzu kommt, dass ich heute den Blick für bevorstehende Ablammungen habe und von daher schon häufiger nachschaue und somit auch Ablammungen   sowie das erste Säugen miterlebe.

Vielleicht hätte die kleine Lina überlebt, wenn ich sie mir geschnappt hätte und mit der Flasche aufgezogen hätte. Mein Mann ist allerdings der Meinung, dass Lina von Geburt an krank war und eher geschrien hat, weil sie Schmerzen hatte – letztlich wissen wir es nicht!

Seitdem schaue ich immer ganz genau, habe seitdem auch immer viel Zeit bei meinen Schafen verbracht, um sie und ihre Verhaltensweisen besser kennen zu lernen.

Nun hatten wir also vier Lämmer, Luise, Lotte, Lisbeth und Morrison. Zu Lisbeth ist folgendes zu erzählen; damals habe ich mir die Lämmer nach der Ablammung nicht angeschaut. Letztlich in dem irrigen Gedankengang, wenn ich das Lamm anfasse, wird es möglicherweise verstoßen – was völliger Blödsinn ist!

 Allein aus diesem Grund wurde Lisbeth zwei Wochen später zu Lorenz, weil sich dann seine Hornansätze zeigten. Mein Mann kam eines Morgens wieder ins Haus und sagte, „ Wir haben im Stall einen kleinen Teufel!" Zusammen sind wir in den Stall und da stand Lisbeth/Lorenz am Zaun und schaute zu uns hoch, seine kleinen Hörnchen waren gut sichtbar!

Mir war das ausgesprochen peinlich, nicht zuletzt, weil mir ähnliches vor Jahren mit meinem Hund passiert ist.

In meiner Kindheit hatte ich immer einen Hund an meiner Seite, mit Anfang zwanzig befand ich mich erneut in der Überlegung, mir wieder einen Hund zu zulegen. Ein damaliger Kollege berichtete mir von einem Wurf französischer Jagdhunde und das die Welpen verschenkt werden sollten, sonst würden sie eingeschläfert. Ich bin also mit dem Gedanken, einen Rüden haben zu wollen, zu den Leuten hin. Die Dame des Hauses hielt mir ein kleines Körbchen mit 6 Welpen hin, welche gerade mal ein paar Tage alt waren. Ich suchte mir den kräftigsten Welpen aus und gab ihm den Namen Gatsby. Zu dieser Zeit hatte ich gerade von Fitzgerald „Der große Gatsby" gelesen☺

Nach ca. 6 Wochen rief mich die Dame des Wurfes an, ich solle jetzt den Hund abholen, es wäre ihr jetzt zu viel und sie hätte die Nerven blank. Ich habe also Gatsby abgeholt, unabhängig davon, dass ich Gatsby nun weiter mit der Flasche großziehen musste, bin ich mit dem Hund zum Tierarzt zwecks check up, Impfung und Entwurmung. Mein Tierarzt untersuchte Gatsby, tastete den Bauch ab und sagte, „So, Gatsby, du bist aber ein hübsches Mädchen!"

Ich glaube, ich habe damals die Farbe gewechselt aus lauter Peinlichkeit mir selbst gegenüber; zum Glück hatte ich niemanden erzählt, dass ich in dem Glauben lebte, Gatsby sei ein Rüde!

Jetzt fragt sich natürlich der Leser, wie doof muss man eigentlich sein, um ein Weibchen nicht von einem Rüden unterscheiden zu können!? Nun, die zaghafte Erwiderung lautet, bei der Erstbesichtigung meines Hundes habe ich im herbstlichen Zwielicht die Nabelschnur für sein bestes Stück gehalten☺

Jaja, ich weiß, für diese Peinlichkeit gibt es keine Entschuldigung! Gatsby hat es nicht geschadet und sie ist mir bis zum 13. Lebensjahr ausgesprochen treu gewesen!

Mit Lisbeth/Lorenz verhielt es sich ähnlich, einfach weil ich nicht nachgeschaut hatte – ist mir allerdings nie wieder passiert, man lernt dazu☺

Mit den Lämmern war es eine wahre Freude! Ich habe mir einen Stuhl in den Stall gestellt und meiner neuen Herde zugeschaut. Jeden Abend veranstalteten die Lämmer ein Nachlaufen, sie flitzten durch den Stall wie kleine Rennsemmel. Zwischendurch kamen sie mich auf meinem Stuhl besuchen, ich konnte sie streicheln, sie knapperten an meinen Fingern. Dies führte dazu, dass auch meine Auen mutiger wurden und zu mir an den Stuhl kamen. Am Anfang schnupperten sie mich nur ab, ich blieb ganz ruhig und hielt ihnen meine Hand hin. Im Laufe der Zeit konnte ich die Damen am Kinn kraulen und ihnen die Öhrchen knubbeln.☺ Nur Fritzi blieb immer auf Distanz und da war ich auch ganz froh drum, da ich doch im Internet gelesen hatte, dass mit Böcken nicht zu spaßen ist. So viel Respekt wie er vor mir hatte, hatte ich auch vor ihm!

Frühjahr 2011

Meine Schafe kannten mich nun, so war es kein großes Problem sie im April wieder raus auf die Weide zu bringen. Mit dem Futtereimer ging ich voran und nach und nach zockelte meine kleine Herde hinter mir her. Mein Mann und ich hatten den Sommerstall sowie die Weide wieder hergerichtet. Beim Gang auf die Weide stellte ich fest, dass meine großen Schafe quasi ausgelatschte Schuhe hatten! Soll heißen, das Horn der Hufe war ziemlich gewachsen über den Winter, nicht zuletzt, da sie nur auf Stroh gelaufen sind. Schlauer wäre es gewesen meinen Schafen die Klauen im Winterstall zu schneiden, da einfacher zu fangen!

Es war wieder ein riesen Akt die Kameruner zu fangen, aber wir haben es dank Futtereimer geschafft! Jetzt muss man aber nicht meinen, dass dieser Trick immer funktioniert, mitnichten! Kameruner haben ein hervorragendes Gedächtnis, sie merken sich so etwas und ich kann versichern, auf diesen Trick sind sie nie mehr reingefallen!

Ein Jagdkollege meines Mannes hat uns beim Klauenschneiden geholfen bzw. uns erst mal gezeigt wie das geht.

Mein Mann hat mit seinem Bruder die Schafe gefangen, mein Schwager hielt sie fest und der Jagdkollege fing mit dem Schneiden an. Das äußere Horn, also das ausgelatschte, ist m.E. nach einfach zu schneiden, da man da keine Sorge haben muss, dass Tier zu verletzen – mir geht es jedenfalls so! Je näher man der Klaue kommt, umso mehr muss man darauf achten, nicht zu tief zu schneiden und ich glaube, hier hilft nur Erfahrung! Wir schneiden die Klauen unserer Schafe regelmäßig, da sie immer auf Stroh oder Wiesenboden gehen und sich somit nicht die Klauen abwetzen. Ich kenne aber auch Schafhalter, die sagen, sie hätten noch nie die Klauen ihrer Schafe geschnitten – ich kann es mir nicht vorstellen!

Bis zum heutigen Tag kommt der Jagdkollege meines Mannes, irgendwie traut er mir nicht ☺ dabei bin ich super ausgerüstet. Allerdings muss ich gestehen, die Klauen sind verdammt hart und so manches Mal fehlt mir einfach die nötige Kraft zum Schneiden!

Zu dieser Zeit hatten wir 10 Kamerunschafe, da braucht es den ganzen Nachmittag, um allen die Klauen zu schneiden.

Etwa zur gleichen Zeit, also alle 6 Monate, entwurme ich auch meine Schafe. Manche Halter machen dies mit einem Röhrchen, hier wird eine Entwurmungstablette reingesteckt. Dieses Röhrchen steckt man den Schafen ins Maul, somit besteht die Sicherheit, dass jedes Schaf entwurmt wird. Das heißt aber auch, bei dieser Art der Entwurmung muss man die Schafe wieder einzeln fangen. Ich bevorzuge die Verabreichung von Pellets, welche ich unter das abendliche Futter mische – bislang hat das immer wunderbar funktioniert! Nur einmal hatte ich ein Böckchen, da haben die Pellets nicht angeschlagen. Hier habe ich mir beim Tierarzt eine Spritze geholt und gespritzt.

Allerdings habe ich auch die Erfahrung gemacht, wenn man viele Lämmer hat, muss man öfter als alle 6 Monate entwurmen. Ich untersuche regelmäßig den Kot, welcher im Stall oder auf der Weide rumliegt – Wurmbefall erkennt man sofort und ich handele auch sofort! Den befallenen Kot räume ich weg, zumindest den, den ich sehe – sicherlich sehe ich nicht jeden Köttel☺

Shauna lammt ab

Im Laufe der Zeit habe ich festgestellt, dass die Herde immer ein Alarmschaf hat; d.h. passiert irgendwas außergewöhnliches innerhalb der Herde, läuft ein Schaf mitten auf die Weide und blökt , was die Lunge her gibt. Im Sommer 2011 war das Paula, in den nachfolgenden Jahren hat ihre Tochter Frieda diesen Job übernommen. Das Alarmschaf tut auch kund, wenn man nicht pünktlich mit dem Futter da ist ☺

Mein Mann und ich saßen im Sommer 2011 auf der Terrasse, als Paula lautstark rief, also bin ich ins Schafgehege, um zu schauen, was los ist.

Shauna stand schnaufend am Stall und es war zu sehen, dass ihr die Fruchtblase geplatzt war. Nicht das Shauna jetzt in aller Ruhe ihrer Ablammung entgegen sah - nein, sie schrie ohne Ende und rannte dabei immer um den Stall herum. Alle anderen Schafe distanzierten sich und beobachteten aus angemessener Ferne, Shauna´s Treiben.

Ich holte mir einen Stuhl und meinen Mann, falls wir in irgendeiner Form eingreifen mussten. Shauna schrie weiter und rannte weiter, zwischendurch ging sie in den Stall und legte sich hin. Kurz darauf stand sie wieder auf, schrie und lief wieder um den Stall herum. Mittlerweile schauten hinten zwei kleine Hufe heraus, so lang konnte es also nicht mehr dauern. Shauna lief weiterhin wie eine Verrückte um den Stall herum, jetzt konnte man schon das Mäulchen von dem Lamm sehen und mir war klar, dass wir jetzt eingreifen mussten, weil Shauna es einfach nicht gepeilt kriegte. Bei jeder Wehe schrie Shauna, als würde die Welt untergehen. Ich sagte meinem Mann, dass ich Shauna bei ihrer nächsten Runde um den Stall fangen werde und er dann schauen sollte, ob man das Lamm bei der nächsten Wehe rausziehen kann. Gesagt getan, Shauna lief erneut schreiend ihre Runde, als sie auf Höhe meines Stuhles war, habe ich sie mir gepackt und gut festgehalten. Mein Mann ist nach hinten und hat bei der nächsten wehe vorsichtig an den kleinen Hufen gezogen. Dies sorgte dafür, dass nun das Köpfchen frei war und Shauna sich los strampelte und auf die Weide lief. Durch das Loslaufen ist wohl alles frei geworden und Marilyn wurde mitten auf der Weide geboren – also, es sah eher so aus, als habe Shauna ihr Lamm verloren☺

Ich bin direkt zu Marilyn, habe sie am Köpfchen von der Fruchthülle befreit und schon fing sie an zu krähen. Kurzerhand habe ich sie in den Stall gelegt und Shauna ist meckernd hinterher gerannt. Im Stall hat sie sich sofort um ihr Lamm gekümmert, hat es ausgiebig geputzt und dabei grummelnde Laute von sich gegeben. Ich habe gewartet, bis Marilyn getrunken hatte und bin dann wieder von dannen gezogen.

Aus angemessener Ferne konnte ich beobachten, wie die anderen Schafe nun zum Stall zockelten, den Neuankömmling beschnupperten und leicht stupsten – die Welt war wieder in Ordnung☺

Zu dieser Zeit machte ich mir noch nicht so die Gedanken, warum Shauna so einen Zirkus bei der Ablammung veranstaltet. Im Laufe der Jahre wurde aber klar, dass Shauna wohl zu eng gebaut ist. Von daher habe ich mir dann einen Geburtskoffer mit Geburtsschlinge, Gleitmittel und Handschuhen zugelegt, welchen ich in den nachfolgenden Jahren auch einsetzen musste.

In den nächsten Tagen war zu beobachten, dass die anderen Auen sich häufig um Shauna und ihrem Lamm gruppierten, so als würden sie einen Schutzwall bilden. Vielleicht glaubten sie, Mutter und Kind vor Fritzi schützen zu müssen, allerdings zeigte Fritzi keinerlei Interesse an Mutter und Kind. Fritzi lief immer brav in der Herde mit, nie hat er ein Lamm verboxt oder sich mit anderen gezankt. Unser Fritzi ist die Ruhe selbst☺

In der Literatur heißt es, dass bei 20% aller Geburten ein Eingreifen erforderlich ist, wobei dies bei Mehrlingsgeburten deutlich häufiger notwendig ist. Grundsätzlich sollte dennoch so wenig wie nötig eingegriffen werden. Ich habe die Erfahrung gemacht, dass ein kontinuierliches Beobachten der trächtigen Auen sowie kurz vor der Ablammung quasi die halbe Miete ist. Bei Shauna weiß ich, dass sie sich mit der Ablammung schwer tut; weiß ich, dass sie trächtig ist, weiß ich auch, wann sie ungefähr ablammt. Ab diesem Zeitpunkt bin ich oft im Stall und beobachte, außerdem kann ich mich tatsächlich auf mein Alarmschaf verlassen! Ich habe jetzt schon so viele Geburten erlebt, dass ich doch gut gerüstet bin.

Ich habe immer Gleitmittel und Handschuhe parat sowie Geburtsschlinge. Sind die Lämmer da, geh ich sofort hin und befreie sie am Kopf und Mäulchen von der Fruchthülle, manchmal muss man einen Schleimpfropfen aus dem Mäulchen entfernen. Teilweise reibe ich die Lämmer mit sauberen Stroh trocken, lasse aber genug Schleim auf dem Lamm, damit die Mutter es abschlecken kann.

Wichtig ist, dass das Lamm innerhalb der nächsten Stunden Biestmilch bekommt. Sollte dies nicht klappen, kann man auch Biestmilch von Kühen füttern. Ich hatte das Glück, dass mein Nachbar Milchkühe hatte; es gibt aber wohl auch im Handel Produkte, die dies ersetzten – ehrlich gesagt, kenne ich mich damit nicht aus!

Die Nachgeburt sollte innerhalb der nächsten acht Stunden abgehen, hat sich die Nachgeburt nach spätestens 24 Std. nicht gelöst haben, muss der Tierart gerufen werden – ich rufe meistens früher an☺

Ma hustet

Im Spätsommer stellte ich fest, dass Ma zeitweise hustete.

Zu Beginn dachte ich noch, sie habe sich verschluckt, kommt manchmal bei Heufressen vor, aber hier wirkte es anders.

Ich habe erst mal in Schafforen recherchiert, ob ich da etwas über Husten finde. Zu Kamerunschafen speziell gibt es wenig, es wird immer auf Maedi hingewiesen, welche durch Lentiviren hervorgerufen wird. Zu dieser Erkrankung habe ich einige Tierärzte befragt und alle sagten, diese Erkrankung sei eher selten.

Bezüglich Paula bestellte ich unseren Tierarzt, er horchte sie ab und meinte, sie habe sich möglicherweise erkältet, Fieber hatte sie allerdings nicht. In den nächsten 6 Tagen habe ich ihr Antibiotikum gespritzt und scheinbar wurde es besser.

Nach einiger Zeit stellte ich fest, dass ihre Atmung eher rasselnd war und sie sich auch beim Fressen schwer tat. Ich bestellte also wieder den Tierarzt und wir beobachteten Ma eine Zeitlang und Dr. Eyestone meinte, es sieht nicht gut aus.

Also haben wir Ma erneut gefangen und abgehorcht, Eyestone meinte, begründet in dem massiven Rasseln, es sei besser, wenn wir Ma einschläfern würden. Ein Tier muss bei mir nicht leiden, nur weil ich möglicherweise nicht loslassen kann. Traurig ist es immer, wenn eins meiner Tiere alters – oder krankheitsbedingt sterben muss, aber ich habe immer den Grundsatz gehabt, sofern ich alles getan habe, was man sinnvoller Weise tun kann, dass keines meiner Tiere unnötig sein Dasein verlängern muss, nur um meine Befindlichkeit zu bedienen!

Also stimmte ich der Einschläferung von Ma zu, dennoch wollte ich wissen, was ihr gefehlt hatte.

Zusammen mit meinem Mann und Dr. Eyestone haben wir Ma aufgemacht und uns vor allen Dingen Lunge/Bronchien angesehen. Lungenwürmer hatte sie keine, allerdings war der linke Lungenlappen gar nicht mehr in „Betrieb" und insgesamt wirkte die Lunge blasig. Wir gingen davon aus, dass es sich um eine verschleppte Erkältung handelte. Wahrscheinlich hatte sich Ma doch beim Hochwasser erkältet, was ich so nicht bemerkt hatte. Zusätzlich hatte sie wahrscheinlich auch noch ihre Trächtigkeit und Ablammung geschwächt.

In den nachfolgenden Jahren hatte ich immer wieder mal Schafe, welche sich erkältet hatten, sie standen dann malade rum, wollten nicht fressen, husteten, hatten Halsweh und Fieber. Halsweh kann man gut feststellen, wenn man dem Schaf vorne über den Kehlkopf/Hals fährt und drückt, wenn sie krank sind, kommt ein klägliches Krähen. Sind die Schafe gesund bzw. haben kein Halsweh, gefällt ihnen das streicheln über den Hals/Kehlkopf, auch ein zartes Drücken stört sie nicht.

Bei Verdacht auf Fieber wird gemessen im Enddarm(rektal). Die Normaltemperatur beträgt 38,5 bis 39,5°C. Treiben und Hitze führen zu einer normalen Temperaturerhöhung. Lämmer haben eine höhere Körpertemperatur, diese liegt bei 39,5°C.

Warum und wieso sich manche Schafe erkälten, ist mir ein Rätsel! Wenn es regnet, gehen meine Schafe nicht aus ihrem Stall raus, der Sommerstall ist rundherum zu und nur durch die Türöffnung zu betreten, der Winterstall ist komplett zu und hat zudem Dreifachverglasung. Es herrscht im Winterstall natürlich keine Zimmertemperatur, da nicht geheizt und gedämmt. Auch habe ich immer wieder mal ein Schaf, bei dem ich den Husten nicht kuriert bekomme – bis heute weiß ich nicht, woran es liegt.

Herbst 2011

Im Oktober regnete es ohne Ende, die Weide war schon ganz pratschig und meine Schafe gingen nicht mehr vor die Türe!
 Von daher beschlossen wir, die Schafe schon früher in den Winterstall zu bringen. Dies nicht zuletzt, da einige Auen trächtig waren und ich Erkältungskrankheiten bei den Lämmern vermeiden wollte.
Da ich nunmehr zum Leitschaf mutiert war, liefen die Schafe nicht mehr weg, wenn ich ins Gehege kam. Begründet im Dauerregen standen alle Schafe im Stall, so dass ich einfach nur die Türe zu schieben musste. Somit konnten wir die Schafe gut fangen und in den Winterstall bringen. Auch diesmal schienen die Viecher froh zu sein, als sie im Winterstall ankamen. Jedes Schaf suchte sich einen Platz, um einfach nur zu pennen☺

Keine zwei Tage im Stall entschied sich Paula, sie könne ja jetzt mal ablammen.
Ohne große Probleme kamen die Böckchen Mecki & Flecki – ha, diesmal habe ich sofort nachgeschaut!
Paula hat sie brav gesäubert und trinken lassen, alles bestens, nur ging die Nachgeburt nicht ab! Interessant war, dass sie sich wirklich gut um ihren Nachwuchs gekümmert hat. Sie hat die Zwillinge gut versorgt, bis diese sich hinlegten und schliefen. Hieran hat sich Paula in eine Ecke alleine gestellt und wirkte ziemlich malade. Aus ihrer Scham hing teilweise die Nachgeburt, es passierte aber nichts weiter. Meinem Mann gegenüber äußerte ich die Vermutung, dass möglicherweise noch

ein drittes Lamm drin ist und begründet in Paula´s Zustand mal wieder Eyestone gerufen werden muss.

Mein Mann meinte zwar, das würde sich schon geben, aber ich habe trotzdem den Tierarzt gerufen. Dieser kam auch nach geraumer Zeit und untersuchte Paula.

Der Muttermund war schon fast zu und Paula roch ziemlich unangenehm. Die Geburt der Zwillinge war ca. vier Stunden her, von daher war es seltsam, dass Paula so roch! Dr. Eyestone meinte, es sei ein drittes Lamm noch drin, was mit ziemlicher Sicherheit tot ist und das bei Paula eine Vergiftung einsetzt. Es blieb die Möglichkeit des Kaiserschnittes, ob Paula dies überlebt sei allerdings fraglich – naja, ansonsten blieb nur das Einschläfern!

Eine schwere Entscheidung, begründet in den Zwillingen, allerdings konnte sie die Zwillinge nach einem Kaiserschnitt auch nicht versorgen. So oder so, die Chance, dass Paula den Kaiserschnitt überlebt stand nicht besonders hoch, von daher haben wir Paula einschläfern lassen. Damit war klar, dass ich die meiste Zeit im Winter im Stall verbringen werde, weil ich die Zwillinge nunmehr mir der Flasche aufziehen musste.

Flaschenlämmer Mecki & Flecki

Nachdem nun Paula verstoben war, bin ich erst mal ins Netz gegangen, um mich schlau zu machen, was ich bei der Aufzucht zu beachten habe. Vor allen Dingen, wie oft die Kleinen eine Flasche brauchen. Im Forum schafforen.de findet man eine sehr gute Zusammenfassung zur Aufzucht von Flaschenlämmern!

Wie schon erwähnt, hatte mein Nachbar Milchkühe, also habe ich mir da regelmäßig frische Kuhmilch geholt. Nun ist Kuhmilch nicht so fetthaltig wie Schafsmilch, von daher habe ich immer ein Viertel mit 10% Kondensmilch die Kuhmilch aufgepeppt.
Man kann aber auch Vollmilch mit 3,8% und Kondensmilch mit 10% Fett nehmen, wer das nicht mag,

kann auch Milchaustauscher aus dem Handel nehmen. Ich bin mit der Kuh – und Kondensmilch immer gut ausgekommen, die Lämmer haben es gut vertragen!

Die Trinktemperatur sollte immer zwischen 35 und 39 Grad liegen, daran sollte man sich strikt halten! Eine zu kalte Tränke kann im Labmagen nur unzureichend gesäuert werden, was dazu führt, das Milchinhaltsstoffe unaufbereitet in den Darm gelangen und dort massive Verdauungsstörungen hervorrufen, sprich massiver Durchfall.

In den ersten zwei Tagen haben wir die Zwillinge alle drei Stunden gefüttert. Mecki musste man zu seinem Glück zwingen, er wollte nicht gerne aus der Flasche trinken, hier brauchte man immer viel Zeit und Geduld. Flecki hingegen hat im wahrsten Sinne des Wortes gesoffen – mullkommanix war die Flasche leer!

Am 2. und 3.Lebenstag verabreicht man dem Lamm alle 3 Stunden 70 ml Tränke. Jetzt braucht man die Nacht nicht mehr durch zu füttern- die Pause nachts kann 8 Stunden betragen- eine 6 stündige Pause kommt dem natürlichen Verhalten des Lamms, welches von sich aus über den Tag verteilt 50-60 Mal bei seiner Mutter trinken würde, jedoch entgegen.

Am 4. und 5. Lebenstag wird das Tränkeintervall auf 4 Stunden erhöht und die Menge auf 100 bis 130 ml- die Tränkepause in der Nacht beträgt 8 Stunden.
Vom 6. bis zum 10. Lebenstag wird das Lamm alle 5 Stunden getränkt. Die Menge wird in diesem Zeitraum allmählich von 200 auf 300ml erhöht. Die nächtliche Tränkepause kann auf 9 Stunden ausgedehnt werden.

Vom 11. bis zum 24. Lebenstag bekommt das Lamm 3

Tränken über den Tag verteilt alle 6 Stunden- nachts wird 12 Stunden pausiert. Die Tränke Menge wird innerhalb dieser Zeit
Von 400 auf 500 ml erhöht.

Vom 25. bis 56. Tag wird 3 Mal pro Tag alle 6 Stunden getränkt. Die Menge wird jetzt von 500 auf 800ml gesteigert. Die Pause nachts dauert 12 Stunde.
Von da an werden die Lämmer nur noch 2 Mal pro Tag getränkt. Die Milchmenge sollte jedoch 800 ml nicht über- schreiten. In diesem Alter sollten die Lämmer bereits stabil Heu/ Gras und ggf Kraftfutter fressen. Ab der 8. Lebenswo- che sollte man die Lämmer von der Milch entwöhnen. Man kann Lämmer auch bereits mit 6 Wochen absetzen- die Festfutteraufnahme muss aber dann schon groß genug sein, das sie in der Entwicklung durch den Wegfall der Milch dann nicht zurückbleiben.
Das Wiederkäuen beginnt ca. ab einem Alter von 2 -3 Wo- chen.
(Quelle : www.schaf-foren.de)

Vorab gemachter Auszug dient als Orientierung, was die Stundenzeiten angeht, habe ich es ähnlich gehalten. Die letzte Flasche haben die Zwillinge nachts um 0.00h bekommen. Morgens haben sie die erste Flasche um 7.00h bekommen. Und es ist einfach so, manche Läm-

mer brauchen länger die Flasche. Flecki hat lange seine Flasche verlangt, während Mecki schon nach wenigen Wochen nichts mehr von der Milch wissen wollte und Futter und Heu gefressen hat.

In dem Auszug des Forums wird empfohlen, die Lämmer nach 8 Wochen zu entwöhnen. Ich habe mich da an meine Auen orientiert, diese säugen bis zum 5. Monat, zwar nicht mehr in den Mengen, aber immerhin.

Bei meinen Flaschenkindern habe ich es vom Lamm abhängig gemacht, es gab Lämmer, welche tatsächlich nach 8/9 Wochen nichts mehr von der Milch wissen wollten und es gab Lämmer, welche mit 4 Monaten noch dreimal am Tag ihre Flasche wollten. Diese haben zwar auch Futter und Heu gefressen, aber auf die Flasche wollten sie nicht verzichten.

Bei Mecki zeigte es sich so, dass er massiv an meinen Fingern knapperte und saugte. Hatte ich keine Flasche dabei und die Finger gaben nichts her, fing er an zu schreien. Erst mit vier Monaten wollte er keine Milch mehr, dafür kam er immer zum Schmusen. Am liebsten hatte er das Kraulen unter dem Kinn und Öhrchen knubbeln, häufig schlief er dabei ein☺

Wer ist hier der Chef

Bedingt durch die Flaschenaufzucht war ich sehr oft im Stall, was mich meinen Schafen sehr nahe brachte und ich auch vieles beobachten konnte. Für die Lämmer war ich eh das Leitschaf, sie zeigten keinerlei Scheu. Sie knapperten an mir, fanden meine Kleidung immer sehr interessant, ließen sich schmusen, forderten dies sogar ein. Marilyn hatte ihre Liebe zu unserem kl. Münsterländer Lui entdeckt. Sie stellte sich immer an den Zaun und ließ sich von Lui küssen, die Ohren und das Gesicht ab schlabbern. Unsere Dt. Drahthaarhündin Scully hat Marilyn immer ihren Ball hingeworfen, was Marilyn nicht verstand und Scully ärgerte, weil sie ihren Ball nicht wieder bekam.

Auch konnte ich beobachten, wie meine Schafe untereinander schmusen, sie reiben die Köpfe aneinander, schlecken sich gegenseitig die Mäuler und manchmal sah es so aus, als würden sie sich gegenseitig lausen. Sie lausen sich natürlich nicht, aber wenn sie ihr Haarkleid wechseln, zupfen sie sich gegenseitig das Fell ab, dass sieht sehr liebevoll aus! So sozial diese Tiere sind, so unsozial können sie auch werden, Daisy wurde zeitweise immer noch massiv gemobbt, was mit mächtigen Kopfstößen einherging. Auch ihr Lamm Morrison war nicht besonders beliebt, dies führte dazu, dass der kleine Kerl sich sehr sensibel zeigte. Vor Fritzi versteckte er sich immer hinter einer Euro Palette. Oft genug kam ich in den Stall und habe erst mal Morrison gesucht, dann hatte er sich wieder versteckt. Zudem war er sehr gemütlich, er hat sich immer ein sicheres Plätzchen gesucht und dann nur gepennt. Er hatte einen ausgesprochen tiefen Schlaf, oft genug habe ich ihn wach gerüttelt, letztlich weil ich mir nicht sicher war, ob er überhaupt noch lebt!

Auch hatte er Angst vor den anderen kleinen Böcken, er vermied jegliches Spielen mit ihnen. Er schloss sich immer den kleinen Damen an, machte mit ihnen Wettrennen und zarte Kopfstöße, kamen die anderen Böckchen dazu, verzog er sich hinter seiner Euro Palette☺

So ging der Winter dahin und Fritzi war der Auffassung, dass jetzt was geklärt gehörte.

Wie jeden Abend kam ich in den Stall zur Fütterung, mit Futtereimer und Futterkelle bewaffnet wollte ich Futter verteilen. Plötzlich stand Fritzi neben mir und boxte mir mit Schmackes die Futterkelle aus der Hand. Geistesgegenwertig hob ich diese sofort wieder auf und vor seinem nächsten Boxangriff habe ich Fritzi mit der Kelle eine übergezogen!

Das hat erst mal dafür gesorgt, dass er sich trollte und mich aus sicherer Entfernung beobachtete. Ehrlich gesagt hatte ich mehr Schiss, als Vaterlandsliebe, aber tapfer habe ich frohen Mutes das Futter verteilt! Als ich aus dem Stall raus war, habe ich erst mal meine Hand untersucht, da diese doch ziemlich wehtat. Mehr als ein blauer Fleck ist nicht entstanden.

In den nächsten Tagen bin ich immer mit einer gewissen Vorsicht in den Stall gegangen, es ging ja auch nicht anders, ich musste die Zwillinge versorgen. Hier ist im Übrigen zu erwähnen, dass Frieda, Paula´s Tochter die Zwillinge adoptiert hatte. Sie konnte sie zwar nicht füttern, auch wenn die Zwillinge häufig an ihren Zitzen hingen, aber die Drei waren immer zusammen. Eine Zeitlang ließ Fritzi mich in Ruhe, dann kam es zur nächsten Boxattacke und wieder die gleiche Hand. Jetzt wurde es doch brenzlig, es war klar, dass Fritzi zeigen wollte, dass er der Chef ist und nicht ich. Bislang war es immer nur meine Hand, welche leiden musste, aber irgendwann würde er richtig zum Angriff übergehen und das wollte ich nicht erleben!

Von daher besprach ich dies mit meinem Mann, entweder bekam Fritzi das ewige Leben und wird kastriert oder er kommt zum Schlachter!

Ich war ja eher für das ewige Leben, weil er ein so schöner Bock ist, mein Mann als Jäger sieht dies natürlich pragmatischer. Nun lange Rede, kurzer Sinn, ich habe mich durchgesetzt, Fritzi sollte kastriert werden. Unabhängig von den Attacken wollte ich auch Inzucht in der Herde vermeiden.

Waren die Böckchen alt genug, also meistens mit 5- 6 Monaten, wurden sie zum Schlachten für die Selbstversorgung gebracht, zumal bei uns mehr Böcke als Auen geboren wurden. Meistens habe ich die kleinen Damen behalten, nur wenn die Herde zu groß wurde, wurden auch schon mal die Damen zum Schlachten gefahren.

Ich wollte nicht, dass Fritzi beizeiten seine Töchter bespringt; andere Schafhalter konnten das nicht nachvollziehen. Einer meinte mal, ich würde in die Natur eingreifen. So ein Blödsinn, ich habe schließlich schon in die Natur eingegriffen, weil ich die Schafe quasi in Gefangenschaft halte! Da muss ich ja nicht noch Inzucht fördern oder das meine Auen ständig schwanger sind!

Nun gut, ich habe also den Tierarzt zur Kastration bestellt.

Mein Mann hatte Fritzi gefangen und er bekam seine Spritze, die irgendwie nicht wirkte. Fritzi wollte einfach nicht umfallen, geschweige denn sich hinlegen. Es musste zweimal nachgespritzt werden, bis er sich endlich hinlegte. Bis dahin war schon eine dreiviertel Stunde vergangen.

Mein Mann hielt Fritzi fest, während ich dem Tierarzt zur Hand ging. Es wurde der Hodensack mit einem Schnitt geöffnet, die Hoden wurden frei gelegt um hieran abgebunden, um entfernt zu werden. Der Hodensack bleibt offen, damit das Wundsekret ablaufen kann. Nach der Kastration wird der leere Hodensack mit Blauspray eingesprüht, auch in den Folgetagen, habe ich immer wieder eingesprüht, damit keine Infektion entsteht.

Nach der Kastration hat Fritzi erst mal nur gepennt; in den nächsten zwei /drei Tagen war zu merken, dass es ihm weh tut, er hat deutlich mit den Zähnen geknirscht! Aber dann war alles wieder gut, ich hatte den Eindruck, dass er etwas breitbeiniger geht, Schmerzen hatte er nicht mehr.

Nun, wie sich heraus stellen sollte, war ich nicht schnell genug mit der Kastration gewesen – er hatte noch Luise gedeckt!

Fritzi hat mich seit der Kastration nie mehr angegriffen, er ist nach wie vor die Ruhe selbst und frisst mir sogar aus der Hand. Allerdings habe ich mir angewöhnt, wenn ich altes Brot als Leckerli verteile, dass zuerst immer Fritzi sein Brot bekommt. Ich bilde mir ein, ihm damit Respekt zu zollen und es funktioniert gut☺

Zu beobachten war und ist, dass Fritzi innerhalb der Herde ausgesprochen sozial ist. Er sucht sich immer eine Dame, welche seine Freundin wird. Meistens sind es Auen, die eher für sich alleine sind wie beispielsweise Luise. Luise war nach dem Tod von Ma alleine, Fritzi hat sich ihrer angenommen. Sie sind immer zusammen los gezockelt, haben zusammen gelegen und sich gegenseitig das Fell abgezupft – bis heute sind sie ein

Herz und eine Seele. Aber auch junge Damen, welche vom Naturell eher für sich sind, adoptiert Fritzi. Dies zeigt sich, wenn die Weiber an sich wieder zickig drauf sind und anfangen zu zanken. Fritzi unterbindet massives Boxen bei zarteren Damen, in dem er dazwischen geht und sich schützend vor die Aue stellt.

Mein Mann ist für Fritzi „der böse Mann", sobald mein Mann in den Stall oder auf die Weide geht, haut Fritzi ab. Dies liegt wohl daran, dass mein Mann immer Fritzi fangen muss und das hat Fritzi sich gemerkt☺

Marilyn & Fritzi

Valentin wird geboren

Wie schon erwähnt hatte es Fritzi geschafft, noch vor der Kastration seine Tochter Luise zu bespringen. Genau das wollte ich eigentlich vermeiden!
Am 14.02.2012 bei – 18 °C wurde Valentin im Nachmittag geboren. Wir haben es gemerkt, als wir von der Arbeit kamen und Lämmergeschrei zu hören war. Luise stand bei ihrem Lamm im hinteren Teil des Stalles. Valentin war sauber geputzt und lag im Stroh. Begründet in seinem Schreien habe ich ihn mir angeschaut. Er machte einen wachen und aufgeweckten Eindruck, es gab nur ein Problem, er konnte weder stehen noch laufen, seine Beinchen waren wie Gummihaxen!

Das hieß, er konnte nicht zum Euter seiner Mutter. Ich habe erst mal Eyestone angerufen und gefragt, was ich machen soll. Der Tierarzt gab den Rat, Luise zu fangen und Valentin an die Zitze zu legen oder aber die Biestmilch abzumelken.

Mein Mann und ich also wieder in den Stall, um Luise zu fangen; mein Mann hat Luise festgehalten und ich habe Valentin quasi auf die Zitze „geschoben" – irgendwie war das nicht von Erfolg gekrönt!

Also habe ich nach einiger Zeit versucht Luise zu melken, auch das war ein Misserfolg, die zwei Tröpfchen die da kamen, waren ein Witz!

Ich habe es später auch mal bei anderen Auen versucht, mit ähnlichem Erfolg, entweder bin ich zu doof dazu, was ja nicht ausgeschlossen ist oder aber Kamerun Damen sind nicht so einfach zu melken, so groß sind die Zitzen ja auch nicht!

Nun gut, Milchtechnisch ging also nichts, mein Mann empfahl, Valentin erst mal bei Luise liegen zu lassen, möglicherweise würde er noch auf die Beine kommen.

Meinerseits habe ich im Internet recherchiert, wie es sich mit Lämmern verhält, die nicht auf ihre Haxen kommen. Viel habe ich nicht gefunden, allerdings den Hinweis, solchen Lämmern Aufbauspritzen geben zu lassen.

Ich glaube, Valentin ist einfach 2 – 3 Wochen zu früh geboren, besonders groß und kräftig war er nicht. Zudem war Luise auch noch recht jung, sie war gerade erst ein Jahr alt, m. E. zu früh für die erste Ablammung!

Zur abendlichen Fütterung bin ich wieder in den Winterstall und Valentin lag alleine in seiner Strohecke, Luise zeigte kein Interesse mehr an Valentin.

Ich habe das Futter verteilt und mir dann Valentin geschnappt, er hatte ganz kalte Beinchen – ich hatte beschlossen, dass der kleine Mann nicht länger im Stall bleibt!

Mein Mann hat immer gesagt, es kommt kein Schaf ins Haus, das war mir jetzt egal!

„Wos issn da los?"

„Bevor du jetzt anfängst, es kommt kein Schaf ins Haus, sag ich dir, er bleibt hier drin! Wenn wir den Kleinen draußen im Stall lassen ist er morgen erfroren. Ich hab mir überlegt, er kriegt eine Woche, um auf die Beine zu kommen, schafft er es nicht, muss er in die ewigen Jagdgründe, aber solange bleibt er hier drin!"

„Jo, is scho recht...."

„Is scho recht, heißt ich kann dich mal!"

„Na,na, passt scho, ich hol erst mal eine anständige Kiste, am besten einen Mörtelkasten!"

„ Da, schau her, ich habe noch einen großen Mörtelkasten gefunden!"

„Oh, cool - wart grad, ich hol noch ein Kopfkissen, dann hat er es schön schmuckelig, so verfroren wie er ist. Da fällt mir ein, wie sollen wir ihn eigentlich nennen, den kleinen Mann?"

„Hmmm, heut ist der 14.02., also Valentinstag, wäre doch Valentin ein guter Name!"

„Stimmt, abgemacht – na, kleiner Valentin, wie gefällt dir das?"

Der Kleine krähte lautstark und kackte mir auf die Hose! Ich versorgte ihn mit Kuhmilch und 10% Kondensmilch, er hatte richtig Hunger und keinerlei Probleme mit der Flasche. Unsere Hunde Scully und Lui schnupperten und leckten Valentin ab. Während ich kochte, hatte ich Valentin auf das Sofa in eine Hundedecke gelegt. Scully legte sich wie selbstverständlich zu Valentin, leckte ihm das Mäulchen und Köpfchen bis sie zusammen einschliefen.

Bei der nächsten Flaschenmahlzeit schwanzelte Valentin schon, nur seine Beine hatten immer noch nicht die Kraft, um selbständig stehen oder laufen zu können. Unser kl. Münsterländer Lui übernahm die Aufgabe der Hygiene von Valentin. Er leckte ihm den Bauch wie Po sauber; auch wenn Valentin in seiner Kiste lag, legte sich Lui daneben und passte auf ihn auf.

Am späten Abend fragte mein Mann, wann ich Valentin wieder in den Winterstall bringe.

„Gar nicht, er bleibt hier drin!"

„Wie, wie soll er denn schlafen?", fragte mein Mann.

„Bei uns im Schlafzimmer, wie soll ich sonst mitkriegen, wann er seine Flasche braucht!? Und morgen Vormittag nimmst du den kleinen Mann und fährst mit ihm zu Eyestone. Wenn Eyestone meint, dass wir ihn durchkriegen, lässt du Valentin diese Aufbauspritze geben und dann sehen wir weiter!"

Mein Gatte schien nicht gerade begeistert, aber er machte alles mit☺

Begründet in die nach wie vor kalten Beine von Valentin, hat der kleine Kerl in der ersten Nacht auf meiner Brust geschlafen. Ich weiß, manch einer wird jetzt zusammen zucken und denken, dass ich nicht ganz sauber ticke! Ich kann es auch nicht sachlich begründen, aber mein Gefühl sagte mir, dass es so richtig ist und dem kleinen Kerl zugutekommt. Ihm hat es gefallen, er hat bis morgens um 06.00h geschlafen, dann hatte er Hunger!

Unser Tierarzt war der Meinung, dass Valentin es schaffen könnte, da er ansonsten vollkommen gesund war. Er hat seine Aufbauspritze und den Rat zur Krankengymnastik für die Beine bekommen. Also haben wir unser Leben um Valentin herum organisiert. Die erste Woche hatte sich mein Mann frei genommen, ich in der Folgewoche.

Wir haben in eine Baumwolltasche vier Löcher rein geschnitten, Valentin da rein gesteckt und laufen geübt. Hatte einer von uns Valentin auf den Arm, haben wir mit seinen Beinen Muskeltraining gemacht.

Nach drei Tagen fing er langsam an zu laufen, hieran habe ich die Baumwolltasche weg gelassen und ihn unter den Bauch gefasst, um ihn beim Laufen zu unterstützen. Wir hatten unter unserem Wohnzimmertisch einen Teppich liegen. Hier habe ich mit Valentin laufen geübt, weil er da einen besseren Halt, als auf dem Holzboden hatte.

Als er endlich selbständig laufen konnte, ist er immer um den Wohnzimmertisch herum gelaufen – wenn das keine Prägung ist☺

Zur besseren Stabilisierung habe ich Valentin nach einer Woche noch mal eine Aufbauspritze geben lassen.

Mein Mann war der Meinung, dass der kleine Kerl jetzt fit genug ist und wieder in den Stall kann, allerdings hatte ich Dr. Eyestone an meiner Seite, der meinte, die nächsten Wochen solle Valentin noch im Haus bleiben.

<u>Valentin</u>

Valentin wuchs also bei uns im Haus auf und wurde in erster Linie von unserem Lui erzogen. Valentin war immer da, wo auch Lui war☺

Er hat sich von Lui viele Verhaltensweisen abgeguckt; beispielsweise legt Lui einem die Pfote auf, wenn er etwas haben will wie Leckereien.

 Valentin hatte sich schnell gemerkt, wo bei uns das Brot aufbewahrt wurde, er stellte sich vor den Schrank und haute abwechselnd mit seiner Klaue gegen den Schrank oder gegen mein Bein und zwar so lange, bis

er ein kleines Stückchen Brot bekam. Dieses Einfordern hat er bis heute beibehalten. Auch wenn er geschmust werden wollte, forderte er es   so ein.
Als kleines Lamm war das nicht so wild, aber je größer er wurde, umso schmerzhafter wurde das!

Zwei Wochen sind mein Mann und ich also abwechselnd zu Hause geblieben, um Valentin gerecht zu werden. Da wir aber nicht ewig zu Hause bleiben konnten, mussten wir uns etwas überlegen.
Auch war es uns ein Anliegen, Valentin in der Herde zu integrieren!
Also beschlossen wir, wenn wir morgens zur Arbeit fuhren, musste Valentin in den Stall, wenn wir wieder kamen, durfte er wieder mit ins Haus – Valentin wurde zum Kindergartenkind☺
Vor dem Kindergarten bekam er seine Flasche, in der Mittagspause ist mein Mann nach Hause gefahren und hat ihm seine Flasche gegeben. Zu Beginn seiner Kindergartenzeit hat der kleine Kerl erbärmlich gejammert und ich habe mich immer beeilt, dass ich ins Auto komme, sonst hätte ich ihn wieder raus geholt!
Die Herde und insbesondere seine Mutter wollte nichts von Valentin wissen, auch Fritzi, der soziale, war not amused!
 Zu dieser Zeit war Valentin das einzige Lamm, also hatten wir überlegt, es wäre gut, noch eine Aue mit Lamm zu kaufen, damit Valentin sich besser integriert.
Wir kauften eine Aue mit Zwillingen, Alma mit Amelie und Amy. Wie sich heraus stellte, war Amy nicht ganz fit, sie schrie ständig und hatte Durchfall. Mit Hilfe unseres Tierarztes versuchten wir Amy fit zu bekommen.

Leider ist die Kleine verstorben. Somit hatte Valentin nur Amelie als Spielkameraden im „Kindergarten".

Valentin hatte schnell raus, wann seine Zeit im Stall rum war, kam ich nach Hause stand er schon am Tor und klopfte mit seiner Klaue dagegen und blökte. Er ging ganz selbstverständlich mit mir ins Haus, ließ sich von den Hunden begrüßen und drehte mit ihnen eine Runde auf dem Hofgelände. Im Haus selbst hatte er neben seiner Kiste, sich einen Platz mit Decke gesucht, wo er sich hinlegte. Er orientierte sich am Verhalten der Hunde und machte vieles nach. Auch spielten sie zusammen, bei uns im Haus konnte man quasi im Kreis gehen, ideal um nachlaufen zu spielen – so manches Mal hatte man den Eindruck, das Haus sei voller Viecher!
Für mich ist es bis heute erstaunlich, wie unsere Hunde mit dem kleinen Böckchen gelebt haben, obwohl es beide Jagdhunde sind, haben sie Valentin oder irgendein anderes Schaf nie gejagt oder gehetzt!
Scully ist Valentin gegenüber vorsichtiger geworden, weil er beim Spielen geboxt hatte, sie spielte zwar noch mit ihm, hat aber immer aufgepasst, wenn er den Kopf senkte!
Als Valentin 4 oder 5 Wochen alt war, wollte mein Gatte, dass er nun auch nachts im Stall ist.
Ich hatte es versucht, nach seiner Flasche habe ich ihn zum Füttern mit in den Stall genommen und dort gelassen. Nach einiger Zeit habe ich von draußen geschaut, wie es ihm geht. Er stand immer am Tor und hat gewartet – ich konnte es nicht, ich habe ihn wieder mit rein genommen – zum Leidwesen meines Mannes☺
Nun, der kleine Kerl wuchs und irgendwann ist ihm sein Mörtelkasten auch zu klein geworden, so dass er nachts dagegen bollerte oder einfach raus gesprungen

ist. Da die Herde mittlerweile draußen war, hat mein Mann ihn nachts raus getragen. Und da war es dann auch gut, auf der Weide und im Sommerstall konnte Valentin sich gut eingliedern und wurde Teil der Herde. Dennoch behielt er seinen Sonderstatus, zum einen bekam er immer noch seine Flasche und er durfte mir bei der Gartenarbeit helfen. Wenn ich im Garten werkelte, stand er schon am Tor und wollte raus, also durfte er mit in den Garten. Im Laufe der Zeit tat er dann aber auch kund, wenn er zurück zur Herde wollte. Dann stand er auch am Tor und klopfte solange dagegen, bis ich kam und ihm das Tor öffnete.

Valentin bekam nur noch 3x am Tag die Flasche, da er nun fraß wie die anderen Schafe. Allerdings neigte und neigt Valentin zu Durchfall. Als er noch die Flasche bekam habe ich das mit Stullmisan behandelt, dann war der Durchfall schnell behoben. Hatte er zu viel Äpfel oder Birnen von der Wiese gefressen, bekam er Durchfall. Hörte dieser nicht auf, habe ich mir eine Spritze vom Tierarzt geholt – es zeigte sich, dass Valentin zu viel Grünzeug irgendwie nicht verträgt.

Valentin wird geschlechtsreif

So im August zeigte sich, dass Valentin geschlechtsreif wird – er hat die Herde wahrlich aufgemischt!
Mir fiel es auf, als ich in der Hängematte lag und die Schafe beobachtete.
Shauna, die eh Probleme mit dem ablammen hat, baggerte Valentin richtig an. Ständig schlenzte sie um ihn herum, Valentin wollte aufspringen, war aber letztlich zu klein. Was macht Shauna, sie geht hinten in die Knie, damit der Jung es leichter hat – unglaublich!
Valentin kam mit seiner geschlechtsreife nicht klar, er mischte die gesamte Herde auf und prügelte sich mit Jedem, der ihm vor die Flinte kam!
Einmal war es so schlimm, dass Frieda nach mir rief. Ich also ins Gehege und Valentin war völlig von Sinnen, ich konnte nach ihm rufen wie ich wollte, er reagierte nicht. Mein Mann gab mir den Rat, Valentin mit einem Eimer Wasser abzukühlen, gesagt, getan, Valentin schüttelte sich nur und ging in die zweite Runde!
Es half nichts, also bin ich zu ihm hin, hab ihn mir unter den Arm geklemmt und mit in den Garten genommen, hier konnte er sein Mütchen kühlen☺

Damit nicht wieder Inzucht entstand und Valentin weiter ausflippte, wurde er kastriert. Er hatte unter der Kastration mehr zu leiden als Fritzi; er war ein paar Tage so malade, dass ich den Tierarzt rief und er ihm ein Schmerzmittel gab.

Hieran wurde es in der Herde ruhiger, Shauna war aber immer noch verliebt in Valentin, fortan lagen sie beieinander.

Kasper zieht ein

Im Winter 2012/2013 hatte ich mir überlegt, im Januar einen neuen Bock zu kaufen, welcher meine Damen beglücken sollte.

Meine Planung sah so aus, dass dieser im Januar kommt, dann hätte ich Ablammungen im Sommer und nicht das Problem mit dem Winter, sollte es nicht so laufen , wie ich mir das vorstelle.

Am 6. Januar zog Kaspar im Winterstall ein und wie immer war meine Herde ausgesprochen zickig!

Zu Beginn haben sie ihn alle einfach ignoriert, Kasper stand immer alleine im Stall. Versuchte er Kontakte zu schließen, egal mit wem, hat er eine verpasst bekommen!

Es dauerte einige Tage, bis Kasper integriert war. Nur mir gegenüber war er von Anfang an ausgesprochen zutraulich. Er ließ sich das Kinn kraulen und knapperte an meinen Fingern.

Kasper hatte eine interessante Fellfärbung, es sah so aus, als würde er weiße Hosen mit einem braunen Hemd tragen☺

Die Damen schienen mit ihm glücklich zu sein, sogar Frieda. Frieda hatte es immer geschafft sich nicht decken zu lassen, jetzt mit drei Jahren schien ihr Kaspar zu gefallen.

Es war eine ruhige Zeit mit den Schafen, im April gingen sie wieder auf die Weide. Sonst kamen sie schon immer im März auf die Weide, aber der Winter war lang, nass und ausgesprochen dunkel. Wegen des ständigen Regen habe ich die Schafe bis April im Winterstall gelassen.

Katastrophe

Viel besser wurde das Wetter nicht, die letzten Wochen im Mai und Anfang Juni hat es nur geregnet – wir hatten Hochwasser!
Begründet in unserer Erfahrung im Januar 2011 haben wir gerade noch rechtzeitig den Winterstall wieder hergerichtet. In einer Regenpause Sonntagsmorgens zwischen 9.00h und 12.00h haben wir die Schafe mit Hilfe von Valentin und Scully wieder in den Winterstall getrieben.
Am 03. Juni waren wir komplett überflutet, unser Hof stand komplett unter Wasser, unser Haus war im Erdgeschoss nicht bewohnbar und es wurde noch mehr Wasser erwartet.

Ich dichtete den Stall mit Sandsäcken ab, es wurde ein Steg gebaut und Luise bekommt Zwillinge, Emil und

Egon. Diesmal war mit den Böckchen alles in Ordnung und Luise zeigte sich als gute Mama.

Wir hatten wegen der Überflutung den totalen Stress, nicht zuletzt, weil es hieß, es wird noch ein Meter Wasser erwartet. Bislang war der Winterstall trocken, weil er höher lag, als unser Wohnhaus, aber keiner konnte genau sagen, wann der Scheitel erreicht ist.

Während ich also den Stall weiter abdichtete, stellte ich fest, dass Shauna Wehen hat – ausgerechnet Shauna, das wird wieder ein Kampf!

Während ich weiter Sandsäcke in den Stall schleppe, rennt sie den Zwillingen von Luise hinter her und meint, es seien ihre Lämmer. Valentin ist davon total genervt und geht zum Angriff über und boxt, was die Rübe hergibt – Herrschaftszeiten, muss das denn jetzt sein!?

Es ist kurz vor 23.00h, alle Sandsäcke sind verbaut, der Steg steht und wir genehmigen uns im Stadl ein Feierabendbier und schauen Shauna bei den Wehen und Kämpfen mit Valentin zu. Wir reden nicht viel, jeder hängt seinen Gedanken nach, wahrscheinlich fragt sich jeder, wie ein Meter Wasser aussieht, so im Haus und auf dem Gelände – ich hatte keine Vorstellung davon!

Nachdem alle Helfer weg waren, fängt Shauna unter großem Geschrei mit Pressen an, rennt durch den Stall, will die Lämmer von Luise und liefert sich nebenbei Kämpfe mit Valentin. Ich zieh mir Handschuhe an, geh in den Stall und versuche zumindest Valentin zu beruhigen, was mir auch gelingt. Bei Shauna braucht man das in diesem Stadium gar nicht zu versuchen, die ist völlig von Sinnen und brüllt was die Stimmbänder hergeben.

„Es sind schon die Hufe zu sehen!", sagte mein Mann.

Shauna rennt weiterhin wie vom wilden Affen gebissen durch den Stall, Valentin ist so genervt, dass er schon wieder zum Angriff übergehen will, also schick ich ihn zu meinem Mann, damit ich mich um Shauna kümmern kann. Sie rennt und brüllt, brüllt und rennt, ich weiß nicht, wie lange es dauert, es kommt mir wie eine Ewigkeit vor, bis endlich das Lämmchen draußen ist. Ich befreie es sofort am Mäulchen und Nase von der Fruchthülle und rubble es mit Stroh trocken. Shauna rennt derweil schreiend den Lämmern von Luise hinter her, bis ihr Lämmchen anfängt zu schreien – Gott sei Dank!

Endlich kümmert sie sich um ihr Lämmchen, leckt es trocken, das Lämmchen macht die ersten Gehversuche. Und schon wieder brüllt und rennt Shauna durch den Stall und schon wieder schauen hinten Hufe raus – Zwillinge! Diesmal dauert es nicht so lang, bis das Lämmchen da ist, es flutscht einfach raus. Ich schnapp es mir, gleiche Prozedur wie beim ersten und leg es zum ersten Lämmchen dazu. Es quakt auch direkt und Shauna gibt endlich Ruhe und ist nur noch Mutter.

Mein Mann, Scully, Lui, Valentin und ich trinken auf Shauna´s Mutterglück, naja, eigentlich nur mein Mann und ich. Valentin will nur mit mir schmusen, die Hunde schauen sich Shauna durch den Zaun an. Wir bleiben noch im Stadl, weil ich die Nachgeburt noch abwarten will.

Es ist 1.30h als ich Valentin wieder zur Herde bringe, der Jung ist noch nicht ganz drin, da geht Shauna schon zum Angriff über, ihre Köpfe knallen zusammen, dass es nur so scheppert.

„Das geht gar nicht, wir müssen die trennen, ich leg die Lämmchen in den hinteren Stall und du holst eine Tür,

dann bleibt Shauna mit ihren Lämmchen im Separee",
sagte ich zu meinem Mann.

Ich schnapp mir die Lämmchen Zeno und Zora, will sie
in den hinteren Teil legen und versinke bis zu den
Knien im Wasser – der hintere Stall ist geflutet!

Durch das   Theater mit Shauna hat keiner von uns
mehr auf das Wasser geachtet, es ist schnell gekommen!

Ratzfatz machen wir den hinteren Stall zu und bauen
für Shauna und ihre Lämmchen ein Séparée im vorderen Stall. Es ist 2.00h als wir endlich durch kniehohes
Wasser waten und ins Bett gehen.

Wir waren eine Woche komplett überflutet und just in
dieser Woche haben dank meiner tollen Planung fast
alle Auen abgelammt und zu allem Überfluss auch noch
alle Zwillinge!

Meine Herde hatte sich in nur wenigen Tagen verdop-
pelt!

Am 07.06.2013 war das Wasser aus unserem Haus raus,
es war der erste Tag/ Abend, den wir nicht im Stall verbrachten, sondern ziemlich k.o. im Chaos saßen. Da
höre ich Frieda laut blöken, am blöken erkenne ich
schon, dass sie Alarm gibt, weil irgendwas nicht
stimmt. Ich sage zu meinem Mann, dass ich mal schau-
en gehe, nicht das doch noch Wasser im Stall ist.

Alle Schafe stehen vorne an der Futterreuse und Frieda
schreit.

„Was ist denn los Frieda?", frage ich beruhigend auf
den Weg zur Reuse.

So ein Driss, Marilyn liegt fest unter der Futterreuse in
deutlich schweren Wehen und pfeift quasi aus dem
letzten Loch. Ich renn zur Stadltür, schrei nach meinem
Mann und das er den Geburtskoffer mitbringen soll.
Renne zurück zu Marilyn, knie mich neben sie, nehme

ihren Kopf in meinen Arm und beruhige sie erst mal, massiere ihren Bauch und rede mit ihr. Sie wird etwas ruhiger und stöhnt herzerweichend! Derweil ist mein Gatte da, sieht was los ist und sagt „Herrschaftszeiten!" „Pack die Geburtsschlinge aus, wir müssen ihr helfen, sonst verreckt sie uns samt Lämmer!" erneut ereilt Marilyn eine Wehe, sie schreit richtig und ist doch völlig kraftlos dabei. Ihre Scham ist bis zum Zerreißen gespannt, aber es sind noch keine Hufe zu sehen. Mein Mann richtet mir die Schlinge her, „Du musst bei jeder Wehe ziehen!" sagt er.

„Das weiß ich auch!", innerlich will ich das hier gar nicht erleben, weil mein Bedarf an Dramen und Katastrophen derzeit ausreichend gedeckt ist. Aber ich habe eine Verantwortung meinen Schafen gegenüber und solange die Möglichkeit besteht, dass so ein Schaf wie Marilyn zu retten ist, dann rette ich auch!

Ich massiere weiterhin Marilyns Bauch, wieder eine starke Wehe und jetzt sind die Hufe zu sehen – das Lamm liegt richtig rum! Ich lege die Schlinge um die Hufe und warte auf die nächste Wehe, Marilyn ist völlig malade und kraftlos. Bei der nächsten Wehe stöhnt sie wieder herzerweichend und ich ziehe an der Schlinge. Wenn sich da jetzt ein Millimeter bewegt hat, kann ich mich glücklich schätzen, wage dies aber zu bezweifeln. Ihre Scham ist so gespannt, dass ich fast glaube, diese zerreißt jeden Moment!

„Hör, mach mal weiter, ich ruf Eyestone an, ich weiß nicht, ob wir das schaffen!" Ich übergebe an meinen Mann und renn zum Telefon, in Windeseile berichte ich was los ist und das sofort jemand kommen muss! Renne zurück zu Marilyn und meinem Gatten – gerade hat er das Lämmchen raus gezogen. Ich befreie es an Nase und Mäulchen von der Fruchthülle, rubbele es ab, es bekommt keine Luft! Also öffne ich sein Mäulchen, fahre mit dem Finger rein und ziehe einen Schleimpfropfen raus. Jetzt zappelt es und fängt an zu „krähen". Marilyn liegt nach wie vor fest, keucht und stöhnt, ich lege das Lämmchen zu ihr und sage meinem Mann, er soll Eyestone anrufen, dass keiner mehr kommen braucht. Kaum ist dieser weg, schreit Marilyn laut auf – ich sehe, es kommt noch ein Lämmchen!

Herrschaftszeiten, dieser verdammte Bock hat nur Zwillinge gezeugt!

Zu allem Überfluss kommt das zweite Lämmchen mit dem Kopf voran – auch das noch! Ich hau ohne Ende Gleitmittel auf Marilyns Scham sowie auf meine behandschuhten Hände. Vorsichtig führe ich seitlich vom Köpfchen meine Finger ein und hab gleichzeitig Sorge, dass ich Marilyn und dem Lämmchen wehtue. Mit voller Konzentration schiebe ich bei der nächsten Wehe das Köpfchen nach vorne, was erstaunlich gut geht. Jetzt habe ich seitlich jeweils zwei Finger drin, so dass ich die kleinen Schulterblätter spüre, Nase und Mäulchen sind zu sehen. Bei der nächsten Wehe und trotz Geschrei von Marilyn gebe ich Gas und schieb es nach vorne – Kopf und Hals sind raus, ich fasse unter den Hals des Lämmchen, Marilyn keucht wieder und ich zieh einfach! Das Lämmchen flutscht mit allen Haxen einfach raus. Sofort die übliche Prozedur des Entfernens der Fruchthülle und trocken rubbeln. Mein Mann ist auch wieder da, die Geburt kann gar nicht so lange gedauert haben, aber mir kam es wie eine Ewigkeit vor! „Schon wieder Zwillinge!", sagt mein Gatte.

Marilyns Zwillinge versuchen aufzustehen und schreien nach ihrer Mama, die liegt aber immer noch fest – bitte, bitte, keine Drillinge bete ich inbrünstig!

„Wir müssen Marilyn auf die Beine kriegen, sie kann da nicht liegen bleiben!"

Valentin, die neugierige Nase beschnuppert den frischen Nachwuchs und will zu Marilyn, also muss er wieder wie bei Shauna raus und zu meinem Mann. Ich leg die Lämmchen so, dass Marilyn sie sehen kann, fasse ihr unter den Brustkorb und ziehe sie mit aller Kraft auf ihre Haxen. Mühsam und ziemlich wackelig wankt sie zu ihren Lämmchen und leckt diese trocken.

Ich bin schweißgebadet, völlig fertig und doch ziemlich stolz auf uns, wir sind ein gutes Team mein Mann und ich!

Jetzt heißt es wieder warten auf die Nachgeburt, in der Hoffnung, dass da nicht doch noch ein Lämmchen kommt, Separee vorbereiten und Mutter mit Kindern umquartieren. Es sind im Übrigen wieder zwei Böckchen, Peterle und Vladimir.

Und wieder sitzen wir im Stadl, trinken unser wohl verdientes Bier und beobachten Marilyn, die ziemlich schwach wirkt.

„Mann, Mann, dieser Sommer hat es wirklich in sich, ein Drama jagt das Nächste", sag ich zu meinem Mann.

„Wie hast du denn das Peterle raus gezogen?"

„Na mit der Schlinge, bei jeder Wehe hab ich gezogen und plötzlich ist es einfach raus geflutscht und dann bist du ja schon gekommen!"

Ich berichte meinem Mann, wie ich Vladimir raus geholt habe und frage mich im Nachhinein, ob das alles so richtig war, wie ich das gemacht habe.

„Hmmm, Vladimir ist ja draußen und sieht ganz munter aus, dann wird es schon passen!"

Letztlich hat er Recht, auf das Ergebnis kommt es an!

„Eins dürfte klar sein, Marilyn kommt ganz nach ihrer Mutter Shauna, beide sind offensichtlich viel zu eng, da kommt mir kein Bock mehr drauf!"
Mein Mann lacht nur, weil er weiß, dass dies eh nicht funktionieren wird.

Für diese Menge an Schafen war unser Winterstall zu klein, dass Wasser war zwar weitestgehend abgelaufen, aber der Sommerstall war Schrott und die Weide war zum größten Teil aufgrund der Rückstände, nicht nutzbar!
Wir ließen innerhalb von drei Tagen einen neuen Sommerstall auf den höchsten Punkt unseres Geländes bauen. Den Teil der Weide, der nicht überflutet war, grenzten wir ab, damit die Schafe wenigstens etwas Wiese hatten.
Mit Valentin voran zockelte meine Herde von 21 Schafen in den neuen Sommerstall und auf die Miniweide. Anscheinend hatten sie ihre Weide vermisst, Alma und Luise stürzten sich auf das Gras, als würde es am nächsten Tag keines mehr geben.

Vom Frühjahr bis zum November haben wir immer Enten, welche im November geschlachtet werden. Auch unsere Enten saßen während der Flut eine Woche in einer großen Hunde Box.
Wir stellten das Entenhaus mit ins Schafsgehege, auch ihren Pool stellten wir dazu, nicht zuletzt weil sie nach dieser Woche dringend ein Bad benötigten.
Normaler Weise gingen die Enten abends in ihr Haus, wir verschlossen dieses, damit kein Mader oder Fuchs ihnen eine Feder krümmte. Unsere Enten waren wohl der Meinung, wenn da ein so großer Stall steht, gehen wir nicht mehr in unser Entenhaus.

Mit der Dämmerung gehen unsere Enten schlafen und sie hatten sich entschlossen, bei den Schafen schlafen zu wollen.

Nur so einfach war das nicht, immer wenn sie sich aufmachten, den Schafstall zu erobern, kam eines der Lämmer und wollte sich die Enten näher anschauen oder zupfte an den Federn. Also traten die Enten wieder den Rückzug an, um ein paar Minuten später es erneut zu versuchen. Diese Prozedur ging von 19.00h bis 22.30h, dann hatten sie den Schafstall erobert!

 Mein Mann unser Nachbar und ich hatten auf Stühlen gesessen und uns dieses Schauspiel angeschaut – besser als jedes Fernsehprogramm☺

Fortan lebten die Enten mit den Schafen, sie teilten sich sogar das Futter und das Entenhaus blieb verwaist!

Amelie

Die einzige Aue, welche nicht trächtig geworden war, war Amelie.

Ich war da ganz froh drum, zumal Amelie erst ein Jahr alt war. Wohlmöglich wäre dies wieder so ein Drama wie mit Luise und Valentin geworden. Dennoch schien Amelie nicht froh darum zu sein, sie wirkte tatschlich depressiv. Sie sonderte sich von der Herde ab, lag alleine rum, spielte nicht mehr – sie machte gar nichts mehr. Dann stellte ich fest, dass sie ein Euter bekam, dies konnte jetzt so gar nicht sein. Kasper hatte ich noch während der Flut verkauft, die Böckchen waren noch nicht so weit, vom zeitlichen Ablauf passte es einfach nicht.

Ich beobachtete Amelie weiterhin, ihr Verhalten änderte sich nicht, auch wurde sie dünner und das Euter schwoll an.

Ich rief also mal wieder den Tierarzt an, berichtete was los war und wenn ich es nicht besser wüsste, würde ich auf Ketose tippen!

Die Trachtigkeitstoxikose stellt eine Stoffwechselerkrankung des hochtrachtigen Mutterschafes dar. Das Krankheitsbild der Trachtigkeitstoxikose (Gestationsketose, Twin lamb disease, Trachtigkeitsketose)ist vor allem bei Fleischrassen mit
Mehrlingstrachtigkeiten bekannt. Im Gegensatz zur Ketose bei Rindern und Milchziegen erkranken Schafe nicht erst einigen Wochen nach der Geburt, sondern bereits in der Phase der Hochtrachtigkeit bis kurz nach der Geburt. In diesen Fällen besteht demnach nicht nur unmittelbare Gefahr für

das Muttertier, sondern auch für die Lammer. Laut
Bostedt/Dedie (1996) verteilen sich die beobachteten Krankheitsfalle zu ca. 75 % auf den Zeitraum
vor der Geburt und lediglich ca. 25 Prozent der
Ketosefalle / Trachtigkeitstoxikosefalle treten kurz
nach bzw. während der Geburt auf.
(Quelle/Text : www.lif.at)

Nun konnte Amelie gar nicht trächtig sein, aber alles
was ich gelesen hatte deutete auf Ketose hin.
Wir fingen Amelie ein und ließen sie von Eyestone
untersuchen. Er nahm ihr Blut ab und ließ mir einige
Beutel Pansenstarter da, welche ich unter das Futter
mischen sollte. Wir separierten Amelie und mischten ihr
Pansenstarter unter ihr Futter.
Nach drei Tagen ist sie aus ihrem Separee ausgebro-
chen und hat sich wieder der Herde angeschlossen, als
sei nichts gewesen. Auch das Euter war nicht mehr
vorhanden. Der Tierarzt teilte mir telefonisch mit, dass
das Blutbild tatsächlich auf Ketose schließen ließe.
Als nicht Mediziner und sonstiger medizinischer Laie,
würde ich sagen, Amelie war Scheinschwanger. Alle
Auen hatten Zwillinge bekommen, nur sie nicht. Aus
menschlicher Sicht würde ich meinen, dies hat sie depressiv gemacht, sie wollte eben auch ein Lamm und
hat es sich fortan eigebildet☺

Ein halbes Jahr später hatte ich ein ähnliches Erlebnis
mit Marilyn. Es bekamen wieder einige Auen Lämmer,
anfangs hat sie versucht ein Lamm zu adoptieren, was
nicht funktionierte. Ab diesem Zeitpunkt war Marilyn

depressiv. Sie sonderte sich ab, wollte nicht mehr mit ihrem Freund Lui schmusen, obwohl dies ein abendliches Ritual gewesen war und auch mir ging sie aus dem Weg. Jetzt war Marilyn ein stattliches Schaf, sie hungerte nicht und euterte auch nicht auf – sie war eben einfach depressiv!
Begründet in ihrer Traurigkeit habe ich sie an einen Bekannten verkauft, nach einer anfänglichen Schüchternheit in der neuen Herde, blühte sie hier wieder auf!

Ich weiß, es hört sich seltsam an, aber Kameruner haben sehr vielfältige Verhaltensweisen, welche mich immer wieder überraschen.

Morgenmuffel

Seltsame Verhaltensweisen zeigt beispielsweise Shauna, wobei sie tatsächlich in vielerlei Hinsicht ein außergewöhnliches Schaf ist ☺

Während wir überflutet waren, haben mein Mann und ich quasi im Stall gewohnt, der Stall war unser Wohnzimmer.
Wenn wir morgens in den Stall kamen, um zu frühstücken, fühlte sich Shauna gestört.
Meistens lag sie im Stroh und pennte, wenn wir rein kamen. Kaum waren wir drin, stürmte sie wie vom wilden Affen gebissen an den Zaun und brüllte uns richtig

an. Ist sie ihren Brüller losgeworden, trappte sie wieder zu ihrem Strohlager und legte sich hin.

Beim ersten Mal haben wir uns nichts dabei gedacht, als es dann aber jeden Morgen passierte war klar, Shauna ist ein Morgenmuffel und sie will ihre Ruhe haben!

Dies ist bis heute so, am frühen Morgen darf man Shauna nicht ansprechen oder sonst irgendwas machen, sie brüllt dann.

Herbst/ Winter 2013

Unser Haus war nach der Flut wieder saniert und auch das Außengelände war halbwegs wieder hergestellt. Man konnte zumindest wieder Garten und Weide betreten, dennoch waren die Schäden am Außengelände wie am Haus groß.

Begründet in der Flut waren unsere Gefriertruhen leer, da wir alles wegschmeißen mussten. Von daher war es nicht tragisch, dass wir in diesem Jahr sechs Böcke zum Schlachten brachten, zumal Stall und Gelände nicht für über zwanzig Schafe ausreichten.

Das Fatale war, dass einige Böcke definitiv frühreif waren und die eine oder andere Aue besprungen haben. Wie ich später feststellen konnte, war Shauna wohl wieder die Erste gewesen, die ganz laut hier geschrien hatte – furchtbar, dieses Schaf☺

Wir befanden uns in der Überlegung, unseren jetzigen Hof begründet in der Flut aufzugeben, da es nur eine Frage der Zeit war, wann es uns wieder erwischen würde!

Im Herbst führten wir einige Gespräche mit den zuständigen Behörden, welche uns erst mal nicht wirklich weiter brachten. Es brauchte den gesamten Herbst und Winter, bis endlich klar war, dass der Freistaat Bayern uns aufkaufen würde und wir nach einem neuen Hof suchen konnten.

Es war klar, dass wir mit unseren Schafen umziehen wollten, wir wollten schließlich nicht alles aufgeben!

Mittlerweile waren meine Schafe und ich ein eingespieltes Team, der Wechsel von Sommer – in Winterstall verlief dank Scully und Valentin wunderbar. Und auch sonst waren sie sehr zutraulich, kamen sofort wenn ich auf die Weide oder in den Stall ging. Ich hatte es geschafft eine gute Stammherde hinzukriegen und darauf war ich ein klein wenig stolz☺

Der Winter war wie im vergangen Jahr sehr mild mit viel Regen, seit der Flut machte mich jeder länger andauernde Regen nervös!

Meinen Schafen ging es gut und ich konnte sehen, dass mindestens drei Damen trächtig waren, was ich ehrlich gesagt nicht so toll fand. Es tut den Damen nicht gut, wenn sie so oft ablammen, auch die Lämmer sind dann um einiges kleiner und zarter. Und wenn man Pech hat, hat man wieder Flaschenkinder oder Auen sterben nach der Geburt – all das wollte ich nicht!

Ich hatte allerdings auch nicht damit gerechnet, dass so mancher Bock schon mit drei Monaten loslegt!

In den Foren heißt es, eine Frühreife der Böcke ist bedingt durch ein gutes Futterangebot; ausschließen will ich das nicht. Allerdings hatte ich dieses Problem in den Jahren davor nicht. Ich lasse die Lämmer immer bis zum fünften Monat bei ihren Müttern, dies hat auch immer gut funktioniert. Zumal ich beobachten konnte, dass die Lämmer immer noch bei ihren Müttern trinken, mit ihnen zusammen liegen und sich auch sonst an ihren Müttern orientieren. Von daher wäre ich auch nicht auf die Idee gekommen, die Böckchen beizeiten zu separieren, was zu dieser Zeit sicherlich angebracht gewesen wäre.

Nun, manches lernt man einfach erst durch Erfahrung!

Sicherlich hätte ich auch nicht so viele Lämmer bekommen, wenn ich nur vier Auen mit Kasper beglückt hätte. Hier hätte ich den Winterstall und die Herde teilen müssen. Jetzt war unser Stall eh schon groß, allerdings wäre dieser bei einer Teilung, dann doch wieder zu klein gewesen – die Schafe sollten sich schon noch frei bewegen können. Möglicher Weise stand mir aber auch mein eigenes menschliches Denken im Weg und den Schafen hätte es nicht so viel ausgemacht.

Bedingt durch meine Beobachtungen und dem Erkennen, wie homogen meine Herde ist, alle in irgendeiner Form miteinander verbunden sind, hätte ich aus meiner eigenen Emotionalität heraus eine Trennung der Herde nicht fertig gebracht.

Von daher musste ich damit leben, dass schon wieder Lämmer unterwegs waren!

Im März lammten Alma, Luise, Frieda und wie nicht anders zu erwarten Shauna ab.

Bei Alma, Luise und Frieda verliefen die Ablammungen völlig unproblematisch. Sie hatten alles alleine gemacht und alle Lämmer waren erstaunlich kräftig und wohlauf.

Alma zeigte insofern eine Besonderheit auf, dass sie nur Alois trinken ließ, Albert wurde immer weg geschubst, so dass er mit der Flasche aufgezogen wurde. Sie ließ ihn nicht trinken, war aber sonst Mutter. Sie säuberte ihn, lag mit Albert und Alois zusammen. Auch verteidigte sie Albert; Mate, ihr Lamm vom letzten Jahr näherte sich Albert, um ihn zu beschnuppern. Alma boxte ihre Tochter so in die Seite, dass diese im hohen Bogen durch den Stall flog! Die arme Mate war völlig verdutzt und erschrocken, nicht zuletzt, weil sie bis zur Ablammung immer noch bei Alma gelegen hatte.

Wenn ich mit der Flasche kam, um Albert zu füttern, kam Alma immer dazu, sie schnupperte die Flasche ab und blieb solange daneben stehen, bis Albert fertig war – hieran sind die Drei dann wieder von dannen gezockelt☺

Shauna hat sich für ihre Ablammung Gottseidank ein Wochenende Ende März ausgesucht. Hätte sie abgelammt, wenn wir arbeiten sind, wäre es wohl zum Drama geworden!

Samstagsmorgens rief mich mein Mann, weil Shauana im Stall ihre übliche Show mit Brüllen und Rennen absolvierte. Auch lieferte sie sich wieder Kämpfe mit Valentin, weil dieser wie immer durch den Affenzirkus genervt war. Bewaffnet mit Geburtskoffer, Handschuhen und noch im Schlafanzug bin ich in den Stall und habe erst mal Valentin raus gelassen. Shauna drehte weiterhin schreiend ihre Runden.

Mein Mann und ich standen am Zaun und wollten erst mal abwarten. Nach einiger Zeit konnte man die Hufe sehen, einige Schreirunden später war Nase und Mäulchen zu sehen, dass Lämmchen öffnete schon das Mäulchen, wieder eine Runde weiter, waren Nase und Mäulchen wieder in Shauna drin.

„Ich glaube, jetzt müssen wir handeln, sonst stirbt uns das Lamm an Sauerstoffmangel", sagte ich zu meinem Mann. Shauna absolvierte eine erneute Runde und das Mäulchen war wieder zu sehen.

Mein Mann und ich sind ins Gehege, bei einer weiteren Runde habe ich Shauna gefangen und festgehalten. Bei der nächsten Wehe und einem lautstarken Brüller von Shauna hat mein Mann das Lämmchen rausgezogen – es war ein richtiger Lulatsch!

So ein großes Lamm hatte ich noch nie, auch die Färbung war so noch nie da gewesen! Das Böckchen war fast weiß und hatte nur drei braune Platten – Shaun war ein richtig schönes Schaf☺

Shauna hat sich auch sofort um ihn gekümmert, um nur wenige Minuten später wieder schreiend und brüllend ihre Runde zu drehen – also Zwillinge!

Diesmal dauerte es nicht so lange und Sina flutschte einfach raus. Shauna hat es auch abgeleckt, gesäubert und trinken lassen, im Verlauf des Tages hat sie Sina dann verstoßen! Sina dufte nicht mehr trinken, geschweige denn in die Nähe von Shauna und Shaun kommen, sie wurde sofort weg geboxt. Sina lief also schreiend im Stall umher und wurde auch von den anderen Schafen weg geboxt.

Also wurde ich wieder zur Schafsmama; wie bei Valentin habe ich Sina mit ins Haus genommen und mit der Flasche groß gezogen. Ich blieb eine Woche zu Hause, hieran ging Sina dann in den „Kindergarten", sie war also nur eine Woche im Haus. Die Aufzucht von Sina war einfacher, da es noch 7 andere Lämmer gab und sie sich gut integrieren konnte. Ihr Zwilling Shaun hat sich ihr sofort angeschlossen. Lag Shaun bei seiner Mutter, durfte sich Sina nicht direkt an Shauna legen, dann wurde sie weg gestoßen, also legte sich Sina immer an Shaun.

Fortan habe ich Sina also im Stall bzw. Sommerstall gefüttert; dies führte dazu, dass Mate Sina adoptiert hatte und die Welt wieder in Ordnung war☺

Sina hat die Flasche bis zum 5. Monat bekommen, sie wurde mit dem Umzug auf den neuen Hof „Abgestillt". Mittlerweile ist sie ein kräftiges Schaf geworden und ich bin immer noch ihre Mama. Sobald sie mich hört, fängt sie an zu blöken und kommt ans Tor gelaufen. Wie Valentin will sie dann schmusen und ein wenig im Garten spazieren gehen. Auch ihr Zwilling Shaun, mittlerweile ein Hamel, kommt um sich schmusen zu lassen.

Beim Umzug in unser neues Heim, sind Sina und Shaun im Jeep mitgefahren, während die anderen Schafe im Viehhänger waren. Dies war insofern lustig, weil Shaun während der Fahrt die ganze Zeit geplärrt hat. Standen wir an der Ampel, haben wir mehr als erstaunte Blicke der anderen Autofahrer erfahren; einer hat richtig laut gelacht☺

Abschluss

Nun leben wir also auf unserem neuen Hof und den Schafen gefällt es. Ihre neue Weide muss super sein, denn seitdem haben sie deutlich zugenommen; diese Weide war vorher eine Kuhweide gewesen. Als Nachbarn haben unsere Schafe jetzt Kühe; zu Beginn betrachteten Kühe und Schafe sich aus der Ferne, jetzt hat man sich aneinander gewöhnt.

Es gäbe noch so viele Geschichten zu Kamerun Schafen zu erzählen, mir aber war es wichtig, anhand von Geburten, Krankheiten etc. zu berichten, um somit eine Orientierung zu geben.
Sicherlich macht manch ein Kamerun Halter andere Erfahrungen, hat möglichweise auch andere Krankheiten.
In unserer Gegend habe ich allerdings die Erfahrung gemacht, dass kaum einer so ein Geschiss um seine Kameruner macht, wie ich. Wenn das Schaf stirbt, stirbt es eben, da wird kein Tierarzt geholt.
Im Sommer 2013 hatte ich Kasper an eine Bäuerin verkauft, weil sie diesen zur Deckung haben wollte.
Nach 5 Monaten rief sie mich erneut an, um zu fragen, ob ich noch einen Bock hätte. Auf meine Frage wieso, sie habe doch Kasper, teilte sie mir mit, dass dieser tot sei, er habe morgens im Stall tot gelegen. Ich fragte, ob sie denn nicht wüsste, was ihm gefehlt habe. Nun, er habe mal gehustet, mehr sei da nicht gewesen, einen Tierarzt würde sie wegen Husten nicht holen – ich habe ihr keinen weiteren Bock verkauft!

Sicher, bislang konnte ich die Schafe mit Husten trotz Tierarzt nicht retten, aber ich versuche es zumindest und lasse sie nicht einfach verrecken.

Zu meinem Leid ist auch Valentin dem Husten zum Opfer gefallen. Ich habe ihn mehrmals vom Tierarzt behandeln lassen, zeitweise wurde es besser, bis das Rasseln und Schnaufen immer schlimmer wurde und ich ihn zum Schlachten gegeben habe.

Ein Königreich dafür, wenn ich wüsste vorher dieser Husten kommt und womit dieser zu heilen ist. Wie bereits getestet, liegt es nicht an Würmern.

Ich hatte schon die Vermutung, ob es möglicherweise daran lag, weil wir früher in der Nähe der Donau gewohnt haben und somit das Klima einfach zu feucht für Kamerunschafe ist und war!?

Dies konnte und kann ich immer noch beobachten , sobald es regnet oder zu viel Tau auf den Wiesen ist, verlassen meine Schafe ihre Bude nicht – sie mögen einfach keine Feuchtigkeit!

Ansonsten; in gewisser Weise sind diese Schafe anspruchslos, weil man sie nicht scheren muss. Und wenn man nur zwei Kameruner zum Rasenmähen hält, dürfte außer regelmäßiges entwurmen und Klauenschneiden auch nicht viel passieren.

Sobald man allerdings auch Lämmer zur Fleischversorgung will, werden auch Kamerun Schafe anspruchsvoll und machen Arbeit!

Es gibt so viel zu beachten, man muss sich in viele Dinge einlesen und beobachten, um diesen Tieren gerecht zu werden.

Ich danke meinem Tierarzt Dr. Eyestone und seinem Team, weil sie mir viel beigebracht haben, immer ein offenes Ohr für meine Fragen hatten und meine möglichen Diagnosen nicht als dummes Geschwätz abgetan haben!!

Begründet in unserem Umzug steht mir Eyestone aufgrund der Entfernung leider nicht mehr zur Verfügung, ich hoffe, einen ähnlich guten Tierarzt zu finden – bislang war das noch nicht von Erfolg gekrönt!

Für mich und meinen Mann – wahrscheinlich auch für unsere Hunde - gehören die Kameruner zu unserem Leben dazu, wir wollten sie trotz der Arbeit und Abenteuer, welche wir mit ihnen erleben, nicht mehr missen!

Es war mir ein Bedürfnis all diese Geschichten aufzuschreiben, im sie nicht zu vergessen – und vielleicht helfen diese Geschichten, dass es sich so manch einer überlegt, ob er sich diese Schafe zulegt. Denn eines sollte klar sein, jedes Tier macht Arbeit, jedes Tier verursacht Kosten und jedem Tier gebührt Respekt!

Naja gut, bei Ratten hört es bei mir auch mit dem Respekt auf☺

Ich mag meine Schafe und ehrlich gesagt, da ich eh schon zum Leitschaf mutiert bin – ich bin gerne ein Kameruner☺